理想的翅膀

田光明 著

陈彦题

陕西新华出版

太白文艺出版社·西安

图书在版编目（CIP）数据

理想的翅膀 / 田光明著. -- 西安 ： 太白文艺出版
社，2023.5
ISBN 978-7-5513-2379-6

Ⅰ．①理… Ⅱ．①田… Ⅲ．①小小说－小说集－中国
－当代 Ⅳ．①I247.82

中国国家版本馆CIP数据核字(2023)第061096号

理想的翅膀

LIXIANG DE CHIBANG

作　　者	田光明
责任编辑	党晓绒
封面题字	陈　彦
插页绘画	张希鸿
装帧设计	王静静
出版发行	太白文艺出版社
经　　销	新华书店
印　　刷	陕西博文印务有限责任公司
开　　本	787mm×1092mm　1/16
字　　数	220千字
印　　张	18.5
版　　次	2023年5月第1版
印　　次	2023年5月第1次印刷
书　　号	ISBN 978-7-5513-2379-6
定　　价	59.00元

朴素的底色，深情的诉说

杨晓敏

　　从秦川大山腹地走出来的田光明，曾经做过村里的记工员，担任过乡村老师，又做过乡镇学校校长、教育专干，再到县教育局机关工作。他熟悉乡村的风土人情，民俗俚语，对于百姓日子的苦辣酸甜，有着深切的感受，多年的职业坚守，对教育工作有着难以割舍的情怀。身为一名心存忧患的知识分子，置身其中，田光明对底层民众的生存状况，充满关注和期待。年过半百之后，一种来自自身的观察思考和切肤体验的写作冲动，促使田光明拿起笔来，从自己最为熟悉的生活写起，几乎是原汁原味地记录着身边的人和事。

　　《村庄的婚礼》以回忆对比的手法，从一个家庭的三场婚礼中，精心描绘了乡村生活的沧桑巨变。对一个人来说，婚礼是一种新生活的开始，是人生之大事；对一个家庭来说，操办一场婚礼是一场倾情投入，一个家庭实力的展示，也事关家庭颜面；对一个村庄来说，一场婚礼是人情人性、乡风民俗的集中体现。《村庄的婚礼》聚焦一家三代人各自经历过的特定婚礼场景，讲述几十年来不一样的乡村故事，将新中国成立几十年来，农民从物质到精神层面所发生的变化一一展现在读者面前。作品语言鲜活，描写生动，烟火味儿浓郁，正面颂扬了国家民族的乡村振兴大业，富有现实意义，极具正能量，并不显得刻意和概念化。

三代人的婚礼，各自打上了不同的时代烙印：爷爷辈王大奎借粮娶亲，物质上的贫穷让一场婚礼变得甜蜜不足、苦涩有余；父辈娶亲虽不再有物质上的困扰，八凉八热，有鸡有鱼，但村民根深蒂固的封建劣根性作祟，让婚礼变得五味杂陈；生活在今天新农村的孙子，物质精神生活双重丰盈，终于在村里举办了一场皆大欢喜的现代式婚礼。作家对农村生活十分熟悉，笔下的婚礼场景写得生动有现场感，通过细腻逼真的场景描写，让读者感受时代给农民带来的富足安康和不断提升的幸福指数。

月是故乡明，人是故园亲，古往今来亦然。《家乡的皂荚树》是一篇借家乡的一人一物、一草一木寄予思乡情怀的作品。在物资贫乏的乡下，皂荚树不仅为村人提供花叶扶疏赏心悦目的精神享受，更是他们生活中的必需品。在那个连火柴都买不起的贫穷年代，"泡沫极为丰富，去污力很强，没啥副作用，有着一种特别自然清香"的皂荚成了婶子、媳妇、姑娘们洗衣洗澡的必备之品。这篇散文式的作品，借家乡的皂荚树抒发思乡怀旧之情。作家以深情的笔触，书写着皂荚树为村民带来的种种便利与精神愉悦，慨叹时光流逝与风物美好，抒发对家乡的热爱之情，引人共鸣。朴实的语言，真挚的情感，通篇弥漫着对家乡的眷恋之情以及一种亲和力和一丝淡淡的忧伤。

"风水学"在民间有着悠久的历史。生活在相对贫困地区的普通民众对风水学与生存的关系，有着某种不同的理解。农家人打墙盖房，墓地营建，甚至婚丧嫁娶，出门营生等，都要看下皇历，讲究点"凶吉"。《娘的风水学》围绕这一风俗文化，塑造了一位坚强善良、勤劳贤惠的传统母亲形象。

柱子家的日子原本穷困窘迫，父亲中年因病去世，全家重担就落在柱子母亲一人的肩膀上。这位坚强的母亲带领着全家人艰辛度日，走出困顿，硬是把家里的日子过好了，还把儿女培养成富有感恩之心的人。当村人把这一切归结为是柱子爹的墓地的好风水，甚至以为柱子母亲懂得风水学时，母亲却一语道破真相：娘哪里懂什么风水，娘只知道，人贤惠勤劳，努力了，奋斗了，就是好风水。朴实的语言，蕴含着母亲朴素的人生哲学。好的家风教育，好的长者风范，就是一个家庭的好风水，这不啻是生活中的金科玉律。

《乡恋》写城镇化进程中农民的心理矛盾，可谓触觉敏感，观察细致。作品选择了福堂和栓劳两个主要人物，围绕他们在搬迁前后的态度与表现，展开对比描写。福堂"是土命，爱土地，恋土地，离不开土地。他一生的悲喜，都与土地相关"，代表了眼下大部分农民依附家园的心态。一个好的作家，就是善于从大事件中发现个体人物的命运、情感变化，并用艺术化的方式表达出来，譬如反映土地革命的文学、工业文学、伤痕文学、知青文学等的发轫兴起，无不如此。这一篇小说是作者的写作尝试，从切入点上说非常好，只是在处理一些细节上，还稍显生涩，主题开掘浅平了些，搬迁农民想过上更好的生活，享受国家安置政策，本也无可厚非，不能完全归咎于单纯的懒惰或者投机。

一根扁担承载的是一个农民艰辛的一生，扁担是人的化身，人也是扁担的灵魂。在《父亲的扁担》里，当父亲把扁担交给他的时候，一个家庭的命运也就交给了他。从此，他用这根扁担挑出一家人的幸福生活，挑出儿女们的学业和未来。当然，扁担也见证了他的辛劳、汗水。

田光明从事文学创作的时间并不太长，能在《小说选刊》《山西文学》等刊物上发表作品，除了在读写方面的努力外，也注重与广大文友在笔会上和网络平台的学习交流，促使创作渐入佳境。他认为，小小说是最易于和时代贴合的文体和写作，可以及时迅速地反映时代、反映生活。作为一名小小说写作者，要在扎实学习的基础上，增强创作自觉，笔耕不辍，力争在新时代语境和思想高度上进行书写，创作出无愧于时代的精品力作。

文友王应军在网上谈到田光明的作品时说：生活是文学创作的基础和源泉。一方面，作者自己亲身经历的生活，有切身感受，有写作的第一手材料，容易梳理出写作素材，碰撞出写作灵感；另一方面，对间接材料，能深入实际调查了解，采访当事者，或者有目的、有针对性地阅读、分析别人的第一手资料，从而获得写作的素材，找到写作的触发点。

《送书》父子情深，令人动容。为父母写一本书，这是无数人都曾产生过的念头。在我们的成长过程里，父母是我们的第一任老师。他们用勤劳、善良和坚韧，呵护、鼓励着我们长大成人，成为有用的人，就像这位父亲一样，用自己所有的努力帮助儿子获取知识。作品借"送书"这个机会，以回忆为链，以父母对子女深挚的爱为珠，串起这世间最闪亮动人的故事。语言朴实无华，带着乡下泥土的清新与芬芳，力道直抵人心。尤其文中几处细节描写，如父亲为儿子包新书，父子二人上集市卖树，甜中有涩，涩中有苦，将父亲山川大海般的爱，刻画入骨。当写给父母的书出版，儿子在墓碑前读给父母听时，这一细节如神来之笔，让人怦然心动。

《乡村学校》写一个人和一座学校，一座学校和一个村庄的希望，主人公王文化将一辈子都放在村里孩子的教育上，村学校从简陋到规范，从一个老师到九个老师、百多名学生，这是坚守和信念的结晶。可以想象到，这一切改变了多少孩子的命运，改变了多少家庭的命运。王文化是无数乡村教师中的一个，他以默默无闻的耕耘，守望着孩子们的未来和希望。随着城市化进程的发展，进城务工人员的子女也越来越多地离开了乡村，随父母迁往城市读书，乡村学校生员减少，教职员工青黄不接。面对此情此景，乡村教师王文化不改初心，依然如故，热爱着自己的教育岗位。小小说人物形象的塑造，离不开典型的细节刻画，如果再多一些典型的细节，会让王文化这个人物更立体、更丰满。

对于一个写作新人而言，如果作品能在重要报刊发表或选用，自然是一件可喜的事情，因为得到的这种认可和肯定，无疑会带来某种自信。田光明的《强娃》在家乡《渭南日报》发表后，很快被《小说选刊》转载，并在当地引发热议，渭南市作协还为此专门组织了一次研讨会。一个千把字的小小说，因为把一个"抗疫人物"与精准扶贫故事巧妙地融合在一起，写出了新意，塑造出时代人物的精神风貌与个性追求，便成为好看耐读的作品，被人推崇。

这里摘取一些与会研讨者的精彩发言，以飨读者：徐喆说，小说中的主人公强娃，正是这些"负重前行""最勇敢的人"队伍中的一员。这些人大多数是无名英雄。不同的是，强娃还是扶贫对象，是受益者、脱贫者。

王宝君说，故事之所以不平淡，就是在有限的篇幅中，作者机智地将当今中国社会最为重要的两个"硬仗"，通过一个普通的老百姓淋漓尽致地表现出来。换一种说法，就是作者用自己敏锐独到的眼光把握住了这个时代的脉搏，这一点正是作者构思的高明之处。秦川牛说，这看似是一个人舍小家为大家的个人行动，实则是反映了一层人，一种思想、一种境界的提高与升华，也就是我们常说的家国情怀。

生活是文学创作不竭的源泉。田光明把文学创作之根深深扎进他生活过的乡村大地、他工作过的三尺讲台。心中饱含深情，笔下的一人一物都被赋予了真诚的灵性。读田光明的数篇小小说作品，真情贯穿其中，朴素是其底色。"根植于山村，生于斯，长于斯。我用自己的脚步丈量家乡的土地，用温情的目光关怀着这片土地上的人和事，写出言之有物、具有真性情、体现社会正能量的优秀作品。"田光明有这样的文学追求，有如此的赤子之心，加以后天的努力，相信他定能创作出越来越多的优秀作品。

注：杨晓敏，河南获嘉人。中国作协会员、河南省作协副主席、河南省小小说学会会长。曾主持编审《小小说选刊》《百花园》多年，著有《当代小小说百家论》《清水塘祭》《我的喜马拉雅》《雪韵》《冬季》《小小说是平民艺术》等，编纂《中国当代小小说大系》《中国年度小小说》系列等图书四百余卷。河南省优秀专家，河南省优秀共产党员，郑州市60年感动中原人物，河南省第六届文学艺术优秀成果奖、《文艺报》理论创新奖获得者等。

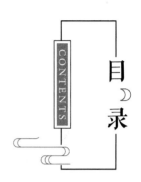

目　录

CONTENTS

人生 / 娘的风水学

风华 / 爱读报纸的娃

乡恋/村里的花儿

纪事 / 乡村学校

万象 / 河东河西

附录

人生

娘的风水学

春茶学水凤的娘

给父母送书

我出书了。首发仪式一结束，我就匆匆离开——我要回家给父母亲送书。

我坐在父母面前。首先，我把首发仪式的盛况给父母汇报，与老人家分享：

我的散文集《父亲母亲》出版了。今天文联在艺术中心最大的会议室里为我的作品集举办了首发仪式。出席会议的有市长、文联主席，还有我在全国的文友，电视台还进行了直播，日报社派来了记者，他们采访了我。我心里特别激动，都没提多年关怀我的领导，我满脑子都是父母。我对他们说，没有你们，就不可能有我，更不可能有我这本书。

记得我上学第一天，当拿到老师发给我的《语文》《算术》课本时，我就十分珍爱。我把新书拿回家，父亲从柜子里取出给生产队施肥时珍藏的牛皮纸化肥袋子，在煤油灯的光亮下，给我把书皮包上，教我认字、读课文。其实，父亲也没有上过学，他是在夜校识字班认的字。父亲遇到不认得的字，就从枕头下面取出一本没有书皮的线装书，给我找同音字进行比对。后来，我知道了那本书就是《字典》，用的是四角号码检字法，是当年驻村的一个下派干部送我父亲的。

后来我上到小学三年级时，知道了用拼音查字典，也知道了父亲教我的一些字其实是错的。但我不忍心给父亲说。父亲在外面获得一张残缺的报纸，都要拿回来，和我在煤油灯下仔仔细细地读。那时候，我很渴望拥有一本书看，但没敢告诉父亲。

每遇集日，父亲都要用扁担挑着挖来的药材或扛着从山坡上捡来的木料，去几十里外的集镇上卖。晚上归来，父亲坐在炕头整理着卖回来的零钱时，我在心里打着鼓，就想着下一次跟父亲去镇上买我想看的书。但我想到在雨中披着塑料膜、戴着草帽、扛着镢头的父亲，下到几十里外的沟岔，寻寻觅觅，才挖回那点药材时，我买书的念头就打消了。

父亲从集上回来，从贴身的衣兜里掏出一天赶集的收入，把几元钱分成摊儿在念叨着：给医疗站清账一元五，给代销店付两元二，再灌点煤油，娃要写字哩，把灯芯拨亮点……

夜里，我睡在父亲身旁，想着心事，久久难以入睡。

在学校里，发现有同学买新书了，我就用心和他们合伙看，帮他们包书皮，替同学扫地，为的是把同学的书看一遍，心里就有无限满足。后来，老师要求每人买本《新华字典》。无奈，我就告诉了父亲，他痛快地答应了我。星期天，父亲扛着从自留地伐下的一棵老碗口粗、一丈二尺长，可以修房子做檩用的洋槐木；我扛了一根口杯粗、六尺长的木椽，我们父子俩一起去赶集。父亲走在前边，我跟在后边，木椽压得我伸不直腰，父亲不断地喘着粗气，但还在问我：受得住？他鼓励我，挣着把腰伸直。

在崎岖的山路上，我们父子俩咬紧牙关，总算把木料扛到了集镇上。那天的木材市场，人稀稀拉拉的，没有几个买家。父亲说，今个集上卖木料不是时候。维修房子最佳的时间是在春天，农闲时节人们才维修，需要木料。现在是秋收季，用的人家少。父亲靠在木料上显得无助而又无奈，但他又怕我难过，安慰着我：没有啥，有人要了咱就便宜卖，自家地里长的，给我娃买书要紧。

太阳偏西时，来了一位中年人，买木料维修被大雨损坏了的门房。看样子，他是个在外有工作的人。他领着一个懂木工活的匠人，那人十分挑剔，说父亲扛的木料弯度大。父亲赔着笑脸，给他说着好话。他们总算被打动了，以四元钱买了父亲扛的木头，而我扛的那根木椽，只卖了五角钱。

父亲拿着钱给我买了个烧饼，自己从口袋掏出从家里拿的冷馍啃着。五分钱买了碗白开水让我先喝，给他剩点。我的眼眶涌出了泪水，烧饼卡在喉咙难以下咽。

我和父亲进了镇东边的书店，买上了《新华字典》。我用父亲递给我的手帕小心翼翼地把书包严实，揣在怀里，我们父子俩就兴冲冲地往回赶路。

娃啊，钱再难，只要你为了读书，花多少钱，都不算个啥事。父亲的话在我脑海回响。你喜爱看书了，我也就不熬煎了，好好读书，向文化人学习。

　　有了父亲买的字典，就没有了我认不了的字、读不了的书。后来，我成了村里第一个大学生；二十年后，我为父母亲写了一本书：《父亲母亲》。

　　"爸、妈：你们眼睛不好，儿子读给你们听！"我虔诚地跪在父母坟前，"你们对生活的那份执着和乐观，永远在儿子心里波澜起伏，滋养着我的生命，成就着我的今生来世，也给了我一汪永不枯竭的精神源泉……"

　　夕阳西下，天边一抹红霞，映照在山坡上。

　　扑棱棱……一群鸟儿飞过，我打了个激灵，望着父母肃穆的墓碑，看着荒草萋萋的坟茔，把我的书端端正正地放在墓碑的中央。

　　跪下，叩了三个头。

　　"爸！妈！我要走了，你们多保重！想我了，就托个梦吧！"

娘的风水学

柱子有出息，把事业干成了，为村里人争了光。乡亲们都为他骄傲，也为他自豪。

村里的能行人都说，柱子爹的墓穴好，是上等的风水。

柱子家是外来户，从南山逃荒来的。他们家来时，爹娘一担挑的家什，可恓惶了。只在村子边上搭了间茅草棚，一家人就将就着住下了。爹娘勤劳善良，吃得了苦，日出而作，日落而息。特别是柱子娘，给东家纺线，给西家织布，在村里忙忙碌碌，苦出了好人缘。

几经努力和付出，他们一家人在村里稳住了脚，拆了茅草棚，盖起了新瓦屋。

柱子上小学时，他爹有病了，去医院检查后确诊是癌症。治疗了半年后，柱子爹就去世了。

柱子爹去世后，挺在土炕上，家里穷得没有棺木，就借了邻居几块木板，钉了个木头匣子，才算入了殓。

墓地选在哪儿，可是个难事，柱子娘祈求队长在村里寻了几处地方，都碍着这样那样的事，难以选定。

外来的人没有老坟，生产队里又有规定：死人不能与活人争地。队长就安排把柱子爹的墓地选在村子北边的山坳里。

柱子爹在世时就怕冷，临终时他就说了，要给他找块阳坡地。去北边山坳里，那地方冷森森的。柱子娘就哀求队长给柱子爹寻块阳坡地，让他死后暖和暖和。队长有难处，犹豫不决，柱子娘就要给队长下跪，队长赶紧扶住了她，壮着胆说："那你们自己选吧。"柱子娘就在南坡寻了块阳坡地，总算安葬了柱子的爹。

万分痛苦中，柱子娘以自己单薄的身躯支撑起了残缺的家。

"娘，我帮你挖地！"柱子拉着娘的手，说出他的想法。

"傻儿子！你咋说这没志气的话，好好念书。有妈在，你怕啥？"娘坚定地说，"只要你能念书，娘就供你。放学回家了，娘能给你把生的做成熟的，不会委屈你的。"

柱子紧紧地拉着娘的手，默默地点头，脸上挂满了泪珠。

懂事的柱子，在学校里用功学习。他上完了村里的小学，又去镇上读中学。学校距家远，他就住在学校。住校生都要回家背馍，下雨了，汹涌的河水，混着泥沙漫过河床。娘给柱子背着馍，踩着泥泞的山路，来到河岸边。娘站在河岸东，柱子站在河岸西，隔河相望，母子俩都泪水涟涟。在邻村大叔的帮助下，馍送到了柱子手中，娘就笑着挥手，转过身往家赶。

后来，每遇到下雨，柱子就计划着吃馍——从老师灶上要碗面汤喝，而把馍余下，他不忍心娘冒雨给他送馍来。

在娘的呵护下，柱子上完了中学，又考上了大学。他成了村里第一个走出山村的大学生。捧着录取通知书，母子俩笑着哭了。

大学开学前，柱子来到爹的坟头，虔诚地跪下，上香焚纸。他给爹汇报说："爹，儿子考上大学了，您一定高兴吧？我记着您的话，一定要把书念好，把事做好，孝敬我娘。爹您放心，儿子不会给您丢脸的。"

围着坟茔的树上，鸟儿飞来飞去，欢快地歌唱着，似乎在为柱子加油祝贺。

柱子大学毕业后，在城里上班了。几年后，他娶妻生子，一切都自然顺畅。他回到村里，孝敬娘亲长辈，帮助邻里乡亲，为村里引进资金投入，修路架桥，改善人畜饮水……

柱子这孩子，有爱心、记着咱村里的人。他没有忘本！村里人都这么夸赞着。也有人在议论，柱子娘是高人，她懂风水，把柱子爹埋在了风水宝地上：自从柱子爹过世后，他们家日子转机得让人眼馋。就有人在寻思着，得出了个结论：埋柱子爹的墓穴是全村最好的，依山傍水，面东偏南，前有照，后有靠。还有更懂行的人观察，发现柱子爹的墓地树茂草旺，似乎整个坟茔都在往大的疯长。

柱子爹这墓穴，在当时选址时，一定有高人背后指点。邻居好奇地问起柱子娘，她沉思着一笑，神秘地说："我瞅的！"听者惊出了一身汗。"佩服！佩服啊！"问话者竖起了拇指，"柱子娘是高人，她懂风水。"

村里的老队长在生命奄奄一息时告诉儿子，他死后要去南坡，坚决不去北坡的山坳里，要与柱子他爹在一起，同在阳坡上晒个暖暖。

　　"娘，你能看风水吗？"柱子好奇地问。

　　"娘没那本事，风水是门学问，娘咋懂啊！"母亲摇着头说，"娘只知道，人勤劳贤惠，努力了，奋斗了，就是好风水。"

父亲的扁担

父亲躺在土炕上，已奄奄一息了。他的生命到了最后时刻，一阵糊涂，一阵清醒。但他咋也不相信自己的生命这么快就将终止了，他坚信好人会有好报的，他一辈子积福行善。他想着病应该会好起来，他也会继续在他深爱的土地上干那没完没了的庄稼活儿。

这些天，家里来了不少的亲戚。有些多年都不来往的，也不知是咋知道的，也都来了。父亲清醒时，便硬撑着，鼓足力气和来人说话，问这问那，声音弱得只有他自己能听见，儿女们都不愿意让来人打扰他。可他有点精力了，就不停地问这说那，叮咛着：咱农民这一辈子，要把娃指教好，把地打理好……

父亲在说话时，伸出他孱弱的手，摸着身边那根扁担。他摸不着了，就不停地挠着炕席。守在身边的女儿看到了，就拉过父亲的手，让他摸着扁担。他的脸上似乎有了笑意。这根扁担，父亲钟爱了一生。

在村庄里，人们都知道，外人向父亲要馍，要饭吃，他都笑哈哈地给，但就是没人敢向他要那根扁担，哪怕是借用，都是不行的。

父亲在去城里住院前，就那根扁担问了儿女们几十次，叮咛他们把那根扁担给他放到炕席下面，别让人发现了，别给他弄丢了。他想着病好后，他还要用扁担挑庄稼。

父亲心里知道，村里有好几个人对他那根扁担动过心思。特别是赵狗，早已看上他的扁担了，多少次都想据为己有。他一定要防着赵狗，他也时刻提醒儿女们注意。

在大集体时代，在生产队的场院上，赵狗曾偷换过一次父亲那根扁担。那是在麦收季，南坡的麦子熟了，村里的妇女们割着麦子，父亲和几个男劳力往场院里挑麦捆子。男人们在一起干活，都爱试别人的扁担，试着试着，大家都公认我父亲的扁担好：挑上麦捆子，人不觉得难受，从木质到挑东西，人都觉得舒适。赵狗也试了又试，说了不少夸奖的话。

夜幕降临时，干活乏了的人们都在场院上休息。父亲把扁担靠在场边的核桃树下，和大家说着闲话。后来，天空有了云朵，队长让父亲去收场院里加工晾晒的粮食向仓库运，他起身走时，也就没有多想，让赵狗给他把扁担捎回家。

第二天，父亲挑麦捆时，手一摸，咋觉得不对劲，仔细一看，不是他的扁担。父亲就问赵狗，赵狗坚决地说，没错，那就是父亲的扁担，他还向父亲发咒。父亲脾气火暴，气得在场院蹦得三尺高。后来，他跑到赵狗家去寻找，最终从他家后院的下水道里抽出了自己的扁担。愤怒的父亲，把赵狗家的那根扁担，扔在了院中央，让大家看那扁担的成色。为此，父亲几年都没和赵狗说话，"啥人，啥德行嘛！"

听父亲说，这根扁担是我们一家人从商山迁走时，爷爷砍了屋后那棵桑树，送给父亲和二叔的家当。它已伴随父亲几十年，先前青黄的颜色早已被磨成了棕黑色。

1954 年，秦岭南边暴发洪灾，山坳里的石板房被冲毁了。无奈，父亲和二叔兄弟二人挑着锅碗瓢盆，带着一家老小翻越秦岭，一步一步艰难地走出了深山。颠沛流离，泪水汗水，汇成痛苦的海。凭着这根扁担，父亲在苦海里挣扎，把太阳从东山挑向西山，使得一家人在山外的村庄里稳住了脚。

收麦子时，为了多挣工分，父亲一个人承包了几亩地。上坡下梁，都不怕，把割下的麦捆子一担一担挑回到场院里。活儿重，工分多，没人愿意干的活，父亲都乐意干。家里娃们小，挣工分艰难，他不肯放过任何可以挣工分的机会。

农活闲了，父亲到山坡上挖各种药材，回家晾晒好后，每逢集日，他就挑上去几十里外的镇上卖。扁担压肿了肩、压弯了腰，他都坚持着。靠着这根扁担，儿女们每每开学，都能及时把学费交上，不让他们受难。娃们上完了小学，又上了中学。让他非常欣慰的是，儿子争气，考上了大学，他又挑着被褥把儿子送下山、送上了远行的火车。

没有苦，哪有甜。儿女们大了，都有了心仪的工作，也该他享福了，可岁月的风寒，早已侵袭了他的躯体，留下了这样那样的病痛。去年秋季，他突然感觉吃完饭后胃里难受，去医院检查，是癌症。儿女们瞒着他，说是一个小囊肿，做了手术就彻底好了。想到这些，他泪流成河。

春寒料峭，天空飘起了雪花。土炕上，与病魔抗争的父亲闭上了双眼，而他的手还握着那根扁担。儿女们守候在他身边，泪雨滂沱，谁都不忍心从他身边拿走那根磨得闪闪发光、浸满汗水的扁担……

分家

人大分家，树大分枝。

——谚语

这个家该分了。爷爷总在催促着我的父亲，让他给两个孩子把家分了，不然，他老人家心里就搁着这事，死了都不瞑目。

听着爷爷的话，父亲点点头，答应说行，就没了下文。爷爷气得跺着脚在心里骂着儿子：只说不行动，拖着是要后悔的。

爷爷辈上，兄弟姐妹六个，爷爷排行老三。当年一大家子人，日子过得艰难，住在土窑里，缺衣少吃的。家里娃们多，劳力少，每年年终，生产队里决算，他家都是透支户。

在爷爷十岁时，曾祖父就患病去世了，曾祖母带着几个没有成家的儿女在艰难中度日。在土地到户后，一家人种地、养牛、养羊，不分白天和黑夜，摸爬滚打，总算在村里盖起四间瓦屋，还给大爷二爷相继安了家。后在曾祖母的主持下，请来村里的干部、父亲的大舅二舅，在邻里长辈们的见证下，隆重地分了家。

大爷二爷都有了妻室，能独立生活了，新盖的瓦房一人两间；家里的家具、窑门前成材的树木、欠下的债务，按三份进行了分配和分摊。我爷爷那时年龄尚小，没有成家，就跟我曾祖母住在窑洞里。待我爷爷成家时，大爷二爷分别给他出了钱。曾祖母就跟着老三儿子也就是我爷爷生活。她能行动时，给我爷爷家干活；她病了，我爷爷出钱看病。若花钱数额大了，就由弟兄三人共担。就这样，分家的契约在大家的商议下得以敲定。白纸黑字，写下了分家条款，要求共同遵守，不得毁约。见证人和在场的人都签了字、按了手印，曾祖母还弄了一桌酒席，招待了大家。

当时，令曾祖母揪心的是没寻下合适的木料给大爷和二爷两家各做一块案板，家里的案板只好让他们借着用。时间久了，两个媳妇就闹别扭，日积月累，矛盾激化了，两家人为案板打起架来，把曾祖母熬煎的，眼泪都没干过。后来，还是把老屋的案板给了大爷家。

爷爷想起这事，泪水就盈满眼眶。

到了我父亲这辈，爷爷就有了经验，他永远记着，再和睦的家都会有分的那一天，他时刻在提醒着自己的儿子。

父亲兄弟两人，老大我的父亲没有念多少书，跟着爷爷在村里种地，年轻时也当过生产队长；二爸上了高中，后又在煤矿上下井挖煤。爷爷是个有主见的人，他分别以两个儿子的名义，提早申请了两院庄基地，自己挖窑，又请来砖瓦匠烧砖打胡基，请来木匠打家具……用了三年时间，在村里盖起了两间砖木结构的瓦房。在材料使用上、房间面积上、门扇窗户做工上，都一个标准，不偏不倚。手心手背都是肉，两儿子和儿媳都无话可说。

村里人羡慕，夸赞爷爷英明威武。爷爷就坐在房前的石磙上，旱烟抽得吱吱响。自豪，骄傲，他似从战场上凯旋的勇士。

这都是爷爷讲给我的。

爷爷再三催促，弄得我父亲很为难，不知道咋说分家的事。爷爷着急的是，两个孙子都成人了。大孙子我大学已毕业多年，孩子都上幼儿园了。我们两口子在镇上的学校教书，在城里已买了大房子。我母亲帮我们带孩子，跟我们住在城里。

小孙子我的弟弟在省城读大学，明年就大四了。

中秋节了，我把爷爷接到城里的家，叫上在城里居住的二爸一家，全家人欢欢喜喜地聚在一起，祥和，热闹。

那天，父亲高兴地多喝了几杯，回到家里，拉着我的手说，儿啊，你爷爷说得对，咱们这个家迟早要分。我想了，老家的房子，你弟兄俩一人一半，你爷爷奶奶由我和你二爸养老送终；我和你妈，你和你弟，一人养一个。

"爸，我不同意！"我喊道。

父亲手拍桌子，说："你大了，翅膀硬了？不听话了？"

"你说错了，就是不听！"我态度坚定地说。

在场的人都惊呆了！全家人都看着我——爷爷的大孙子、父亲的长子。可我想的是，弟弟明年就要读研了。他研究生毕业后要留在省城上班，还要买房、娶妻，这些都需要花钱。这家怎么能分？我是长子，能不管吗？

房

子

水龙湾村就要搬迁了，在镇上给村民建小区、盖楼房。

爹和儿子商量着申购房的事。爹态度很坚决，这房必须要；儿子挠着头，没有吭声，他想着供孩子上学要用钱，要房子的事他就没敢想。

爹骂着儿子，说他没胆识，没男人的样。爹转过身，从里屋的柜子里取出了个木匣子。那是他存钱用的，他在里面翻来翻去地寻着……

爹！你就别寻了！这些年家里的收入，就是养牛养羊、打粮食的收入，房子要二十多万元哩！儿子无奈地说。

爹手摸着木匣子，叹了口气。他把拿到手的两张存单放下，又从木匣子里拿出了爷爷当年盖房子的账单。

20 世纪 60 年代末，爷爷带着全家人，从外地逃荒落脚到秦岭北麓的水龙湾村。从村里老户人手里买了一块荒地，爷爷精耕细作，春种秋收，凭着一身苦力，使全家老小吃饱了肚子，还用二斗麦子换了别人家的破窑洞住下。爷爷早出晚归，拼命挣着工分。又苦了几年，在村子里盖起了三间土房子。爹展开皱得发黄的账单：房子的木料是队里坡上伐的，核价379元，付现钱79元，余下从年终决算里扣除；木工是从外村请的，总工价算了150元，付了现钱；烟和酒合计116元，付了38元，欠代销店48元；砖瓦185元，已现付了；打墙砌砖，都是村里人和亲戚轮流帮忙干的，没有报酬，谁干了多少工，都一一记着，往后的日子，要给人家帮忙还工。就这样，造房子总共花费了830元，现付了452元，欠了378元。听爹说过，新房子盖好时，爷爷自豪地站在门前吼了几声秦腔。

爷爷离世时，把盖房的账单交给了爹，让爹一定要把账还了，还完账他也就能闭上眼了。

爷爷走了，爹就挑起了养家的担子。为了还清欠下的债，他冬天去渭河大堤上修坝，夏秋时节，包揽给队里饲养室的牲口割草的活，愣是使出牛马力，挣着工分还清了欠账。

土地分包到户后，儿女们都已长大，干活有了劳力。一家人种着自己的几十亩地，养牛养羊，日子过得红红火火。

几年后，爹就拆了爷爷盖的三间土房子，用了两个月时间，盖起了砖木结构的新房子。新房子设计漂亮，美观大方，成了水龙湾村的风景。

爹站在新房门前，见来人就笑盈盈地打着招呼，说着盖房的艰辛，讲着房子的设计，谈着房子的用料。

儿子天生就是福命，在新房子里娶妻生子。要用钱了，爹从木匣子里取，不是现钱，就是存折，儿子的人生大事都是在欢声笑语里进行着。

时光荏苒，日复一日。不觉间，孙子上了初中，孙女上了小学。儿子就主着家里的事。他们租住在县城里，儿媳陪着孩子们上学读书，儿子穿梭在建筑工地里打拼，老的小的，一家人就在城乡间漂泊。

爹守在老屋，耕种着几亩庄稼，饲养着牛羊。闲下来，爹就坐在门前的石磴上，看着他曾引以为骄傲的房子。墙面上有几块砖片脱落，他就想法补上。

"爹，别说过去了，就说这镇上的房子，咱要还是不要？"儿子急着向爹讨要主意。

要房子，就要欠账了。孙子孙女要上学，还要准备孩子的学费。爹自言自语地说着，我一生就怕过这欠账的日子……

儿子看着爹煎熬，心里又不忍，打趣地说：爹，咱回到以前的日子，我在地里挖地、去坡上放牛羊，你像我爷爷一样靠在老屋的南墙上，晒着暖阳，抽着旱烟，天南地北地谝着……

爹听着，脸上的青筋暴得老高，他想骂儿子几句。但看着已驼背了的儿子，老汉嘴僵硬地抽动着，眼眶里滚出了几滴泪水。

爹给旱烟锅里装上烟末，点燃，抽了两口，递给儿子，只说了一个字："抽！"

半个月后，镇上的干部打来电话，要儿子去领新房的钥匙。他不相信，他让干部再确认。是真的，就是分给他家的。

儿子回到家里，发现家里那头黄牛和老母牛没了，放在楼上的父母的寿材也不见了。那柏木稀缺，三寸的柏木更是难得，卖了就永远没有了。他责怪父亲这么大的事，咋没和他说。

说啥啊！牛卖了，那头小母牛明年就能生了。我和你妈死了，睡那么值钱的棺木干啥？活人的日子要紧，再说我们的身体都好着哩。爹操持了一辈子家业，孰轻孰重，我能把握得住。爹说：我筹的钱，交了首付，余下的钱你挣着还着。现在政府还有补助，错过这个时机就难了。爹说着，从木匣子取出了首付款的票据，递给儿子。

场院里，夕阳的余晖透过树木的枝叶，把一座座房舍涂得金黄金黄。

卖黄豆

　　来喜十三岁那年，爹过世了，从此，他和娘相依为命。上山砍柴挖药，下地拾麦种豆，他想着法儿给自己挣钱交学费、买文具，给家里买油买盐，给母亲买常吃的药。

　　秋庄稼收完后，村里心眼活的人，有的在田间地头拣拾遗落的玉米和黄豆，有的挖老鼠洞，把掏到的粮食拿到市场上卖或换豆腐吃。来喜也扛着铁锨，在十亩坪的田埂上寻找着老鼠洞。他挖开几个大小不同的洞，里面真的藏着苞谷、黄豆、小麦，有干的，有湿的，有发了芽的，也有发霉的，还夹杂着不少的豆荚。掏了两大晌时间，把掏出来的粮食拿回家，取出草席，晒在场院里，然后吹净、晒干，仅黄豆竟足足有两斗多。他心里似蜜样甜。

　　大伯看到了，夸赞来喜：真行！这些黄豆如果都卖了，一定能挣十几元钱哩。大伯挖老鼠洞有经验，他看洞旁土堆多少，就能知道洞的大小。他每年都能掏着，脚上穿的黄胶鞋，都是掏老鼠洞的粮食换钱买的。

初冬，镇上逢集了，来喜背上那两斗黄豆去赶集。他想着把黄豆卖了给自己买一支钢笔、一本《唐宋诗词新译》，给娘买二尺条绒布做鞋面，赶下雪天了，好让娘和他都有新棉窝窝穿。脚暖和了，娘就误不了工，他也不耽误上学。

家在山坳里，距离镇上十多公里路。开始把黄豆扛在肩上，来喜没觉得重，但越扛越沉，他咬牙坚持着，在心里为自己加油鼓劲：等把豆子卖了，好好地喝碗醪糟、吃个烧饼。就这样，他咬紧牙关背着那两斗黄豆，好不容易走到了镇上。

粮食市场上人真多，苞谷、小麦、黄豆、小豆、麸皮……卖啥的都有。来喜找了个空位，解开口袋，亮出黄豆。有买主手拿口袋走过来，抓了一把黄豆，在手上搓了搓，问：三毛钱卖吗？

少了吧，四毛钱，人家都卖四毛五哩。来喜说。

那人似笑非笑地转过身走了，也没再还价。

来喜向四周看了看，见市场上黄豆并不多，心想，今儿个一定能卖个好价钱，就不急了。

太阳慢慢地偏西了，一个又一个的买主，从来喜面前走过，但都没有要买的意思。来喜心里就开始打鼓，他想便宜点，早点卖完了事。过了一会儿，一位老者赶过来蹲下身子，认真地把来喜面前的豆子翻了翻，问他要多钱？他说：别人家的要四毛钱，俺要三毛五，少点。

不行，老者说，你这豆子，还要那么多钱？你自己应该知道你是啥豆子。

啥豆子？好着哩！来喜不服气。

那人从旁边一位卖豆子的人的口袋里抓了一把黄豆，又抓了一把来喜口袋里的黄豆，放在一起比，只见来喜的豆子颗粒小，颜色不光亮，还带有土色，而人家的豆子颗粒金灿灿的。来喜没话说了，就乞求老者：行，少点钱卖给你。老者头一摇，低声给来喜说，你这豆子我千万不敢要，是从老鼠洞里掏出来的，你家是山里的吧？

是！来喜点了点头。

别卖了，背回家去，炒熟了，给猪当饲料吃。

为啥？来喜吃惊地问道。

去年，我贪图便宜买了你们山里人从老鼠洞里掏的黄豆，做成豆腐，有人吃后，得了传染病，害了不少人。我也没有证实，但我心里过意不去，把豆腐坊关了很长时间。现在我再也不买这些来路不正的黄豆了。

是吗？来喜迟疑地看着对方。老者面目和善，说得很认真。来喜把口袋口捏住，尽量不让他再看了。他想着老者的话，咋觉得身上凉飕飕的。他把口袋口用绳子绑住，换了个地方，想再打开口袋，却没了勇气。市场上的人越来越少了，来喜心里如乱麻一团，不知该咋办。纠结了半天后，就想着快点离开市场，把豆子背回去，娘会有办法的。

这时，来喜的肚子已在咕噜噜地叫了。他拿出身上仅有的钱，买了个烧饼，就背起黄豆往回走。

走出街踏上回家的山路，他感觉自己的腿都软了，一步都迈不前去，就坐下来，歇了一会儿。豆子没卖了，想买的一切都落空了，他想着想着，就伤心地掉下了眼泪。

　　月亮爬上了天空，来喜背着那两斗黄豆回到了村庄。大伯见他没有卖掉，就笑话他：老实疙瘩就知道念书。其实没事，少卖点钱，有人要哩，那些做豆腐的人，管不了那么多，只要有钱赚就行。

　　娘没有说话，伸手抚摸着儿子被汗水浸湿的头发，问："饿了吧？快吃饭！"

　　"娘，有人说了，把黄豆炒了喂猪行。你就炒了吧！"娘没有吭声，来喜也就睡觉了。

　　天亮时，来喜匆匆地往学校赶去。

　　腊月二十了，村里人都在做过年用的豆腐。娘借了大伯家一斗黄豆，在家做豆腐。来喜就想起了那两斗黄豆，问娘。娘说，我把那黄豆都埋进粪堆沤肥了，等开春了施到地里去。

　　黄豆炒了，能喂猪啊！来喜重复着那位老者的话。

　　猪肉也是给人吃的啊！咱过去不知道那老鼠洞里的粮食不干净，现在知道了，就不能再干那害人的事。娘的话很坚决。

山里的家

在城南客运汽车站，我终于找到了上塬的班车。乘客们拥挤着，我在人群中用了很大力气，才挤上客车。车子在坑坑洼洼的公路上前行，中午时分才停在街镇上。我下了车，买好娘爱吃的麻花、油糕、水果，就向我山里的家走去。

村庄挂在山腰上，距镇上十几公里。过了稠水河，路缠着山梁，弯弯曲曲，长满了荆棘。我走了不大会儿，就气喘吁吁了。

我在城里工作，每次回家都要带上我的朋友们。他们都未走过崎岖的山路，个个小心翼翼，遇到险要处，就手挽着手相互搀扶着。到了山梁之上，仰望着蓝天、白云，朋友们吹着口哨，尖叫着，狂欢着。

娘站在我家场院边，笑盈盈地走过来，拉过一个一个的手，招呼他们坐到上房里。上房中间的小方桌上已摆满了水果。娘又匆忙进了灶房，升腾的炊烟告诉我，娘在给朋友们变着花样做她拿手的饭菜、擀黏面、烙油馍……

住在我家后边平台上的大伯，儿女都买房进城住了，他就是不肯离开老家，执着地守着几亩地，一茬又一茬地精心耕种着。见我回来了，他赶忙从地里割下鲜生生的青菜送到我家，和我说着今年庄稼的长势，满心欢喜。

大槐树下的惠婶，放下手里的活儿，把她家的土鸡蛋，还有她爽朗的笑声一起送了过来。她帮我娘拉风箱、切菜、洗碗。惠婶是个热心肠，做事干练，饭也做得好。

吃罢饭，我和朋友们上到北坡上，登高望远，看渭河似一条银色的飘带在渭北大地上舞动。我们下到田地里摘野菜；去树林里采蘑菇、摘野果；下到沟底的小河里，蹚着清凌凌的河水，摸小鱼、捉螃蟹；趴在泉边饮清澈的泉水；攀上核桃树，摘青涩的核桃……

我们要回城了，娘给我的朋友们准备了蔬菜、瓜果，要朋友们都带上，说这些都是自家地里种的绿色果蔬，没见过农药，施的是土肥，放心吃，吃了养人哩。

娘和大伯、惠婶送我们走出村庄。我们依依不舍地与他们话别。

"下次再来！下次再来！"

走下山梁，我们回过头，娘和大伯、惠婶还站在那儿挥着手。

城里的朋友都羡慕我，说我农村有家、有娘、有婶、有亲人，真幸福！我美滋滋地享受着这样的幸福，有机会就领着朋友们回到我山里的家，娘也不厌其烦地给我们做饭，招待着大家。大伯、惠婶也都和我的朋友们熟悉、亲近了。我们有一段时间不回去，他们都觉得心里空落落的。

"儿啊，你最近好吗？咋不见回来呀？你那几个朋友好吗？你回来还带上他们吧。他们要来，你就提早给娘说一声，我好准备准备啊！"娘打电话给我，说大伯、惠婶也常念叨我们呢。

娘是个爱热闹的人，她喜欢我的朋友们，也喜欢来我家的所有宾客。她常念叨，咱这家能有人来，是缘分也是福分。

这次，我怕娘累着，没有带我的朋友们，而是独自回家。走进村庄，我先来到了大伯家的场院里。院子空空荡荡的，地上长满了杂草，门上那把锁子经过风吹日晒已锈迹斑斑。大伯坐在门前的石磴上，背对着我，我叫他，他也不吭声。我围着他转来转去，也找不到能坐的地方。

我又来到大槐树下，惠婶在门前晒着太阳，她还是那么热情，见到我，就扔了手里的拐杖，拉起我的手向我家的场院里走去。我问，婶的脚恢复得咋样？她说，好了，完全好了。

到了我家门前，大门紧关着，是我娘把门从里边闩上了。娘在灶房里拉着风箱，呼呼的风声吹着跳跃的火苗。任凭我呼喊，娘都不说话，也不肯给我开门。惠婶帮我打着门喊着："兰姐，儿子回来了！儿子回来了！"

我娘喜欢人多，怕寂寞。我没带朋友独自回家，娘一定是生我的气了。"娘！娘！"我声嘶力竭地喊着，"我回来了！你开门！"

睡梦中，妻子把我推醒。"你又想娘了？"她说。

"不是，是娘想我了！"我拿起手机确认时间：4月15日。是我娘的生日。

清晨起床后，我就匆匆地去超市采购了娘爱吃的食品，和儿女们驾车回家。我跪在娘的墓碑前，把娘爱吃的食品供奉在墓碑前，上香焚纸，和娘说着话。

回到村里，村巷里已没有几户人家，整个村庄显得冰冷而陌生。娘是五年前那个冬日去世的。在我娘去世后的第三年，大伯突发急病也去世了，大妈被儿子接到城里去了，那几亩地已荒了，家里的门锁真的生锈了。同一年，惠婶患了脑出血，做了开颅手术，现在已能拄着拐杖活动了。她的儿女们都外出务工去了。她见到我，就不停地哭，伸手要我拿的水果和补品，似孩子一般。看着惠婶，我一时语塞，眼里噙满了泪水。

惠婶伸出僵硬的手，指着灶房，向我比画着。我懂她的意思，是说她不能给我们做饭了。我安慰着她，匆匆离去。

我站在自家的场院里，享受着照射在乡村的和煦的阳光，望着门前秦家梁上那一排排新插的彩旗，思绪万千……

娘

上小学那年，父亲患病去世了。是娘把我拉扯大的。初中毕业，我就想着要辍学回家，帮娘下地干活，娘不肯。她说："你爹没了，有我在。你好好上学，家里的事用不着你管。"

学校距家几十里地，都是崎岖的山路，上学后要一个星期才能回一次家。那年我十一岁，身体病恹恹的。娘担心我适应不了学校的生活，就求村里高我一级的同学，说："你多护着我家山儿，别让人欺负他。"

上学那天，娘从柜子里取出为我上学准备好的新衣服，让我穿上，娘帮我把上衣的扣子一颗一颗地扣好。

"娃呀！你去学校了，别想着娘，好好读书。"娘用手给我擦着眼泪说，"不论你走多远、走多久，咱娘俩的心都是系在一起的。"

娘站在村口，目送着我。我牵着娘的目光，走上小村伸向学校的山路……

我在学校里读书，娘在家种地、养猪、养羊。娘攒钱准备建房子，给哥订婚，供我上学。我每次回家取馍时，娘都要叮咛说：这次蒸馍多掺了点白面，你多拿上两个馍，要多吃点，身体是读书的本钱；你要和同学比学习、比进步，别比吃穿。

初中毕业，我考上了高中，距家就更远了。我告诉娘，我想回家种地养家。娘责怪我没出息，要我一心一意上学读书，心要往远处想，别三心二意。

在娘的声声叮嘱中，我读完了高中，考上了大学。在上大二那年，我住院做了一次阑尾炎手术，我怕娘担心，就没有告诉她。可娘正好让哥给我打电话，问我啥都好着没。我就奇怪娘是不是有啥感应了，她怎么知道我身体出问题了。出院后，我就特意回到家里，娘看着我消瘦虚弱的身体，责怪我有病没告诉她，害得她夜夜做噩梦。

娘说："刀动在你身上，疼在娘心里，你能瞒得住吗？"

回到学校，我每每在校园里散步，回想起娘的话，都是眼泪汪汪的。我在心里发誓，等我毕业了，把娘接到城里来，陪娘在城里转一转，让她也轻松轻松，把省城的美景看个遍。

大学毕业后，我回家跟娘说了无数遍，娘都是一句话："等你有工作了再说吧。"

我走进了机关单位，全身心投入工作中，忙着上班下班，我以工作为重，以单位为家，加班熬夜，在我的岗位上发挥着自己的作用。

哥、嫂去外地打工了，娘在老家种着那几亩地，还要照管正在上学的侄子侄女。

假日里，我匆忙地赶回家中帮娘干些地里的农活。娘说："年轻人，你刚参加工作，老想着家里，就没出息。公家的事要紧，把工作当事，往后的日子长着哩，孝敬娘有的是时间。"我也就听了娘的话。

几年后，娘患上了高血压病，晕倒了，我就接她来城里住院治疗。出院后，娘在我家住了几天。她看着我的获奖证书和奖杯，用手认真地抚摸着说："这人活一世，就图个名。你爹他走得早了，他要知道了你有出息，肯定也和我一样高兴啊！"

我就趁着娘在兴头上，说要陪她外出旅游。娘说："你要上班，为我出去游，你就得要请假。再说，你哥两口子在外打工，孩子还在上学，我要走了，谁给娃们做饭？等他们都上了大学再说吧。"

今年秋收时，我在单位加班。突然，接到我哥打来的电话，说娘病了，要我回家。单位要迎接上级领导进行重点工作督查，三个月都没有正常休假了。我安排好手头的工作，立即往老家赶。

走进村子，我没有看见娘的身影，走到我家老屋门前时，却见娘坐在石凳上，秋风翻动着她的白发。我就急切地走过去，看着我慈祥的娘，只呆呆地坐着，脸上冷若冰霜。

"娘！娘！我是山娃，我是山娃。"娘甩开我的手，像对陌生人一样，畏惧地向后退缩着。她身上的上衣扣子也扣得一上一下错了位。

"娘！娘！我是山娃啊！"我给娘把扣错了的纽扣，一颗一颗重新扣上，一颗一颗……

订婚

孙子高鹏打来电话，说他要订婚了，日子定在国庆假日期间。他说女朋友家是内蒙古的，她父母要陪女儿来这关中平原看看。全家人脸上都挂上了笑容。

按乡里的习俗，爷爷让儿子准备着给女方家的彩礼和定亲的礼物。

孙子都三十三岁了，大学毕业这些年一直在城里打拼。家里底子薄，孩子上班挣那点钱，还要顾着家里，所以在城里买不起房，买不起车，谈了几个对象都吹了。现在谈上了女朋友，真是全家天大的喜讯。爷爷逢人就说孙子有对象了。

门前的场院上，爷爷坐在秋日的阳光里，哼着曲儿，把自己存钱的木匣，小心翼翼地打开。他数着平时攒下的零钱，打算把旧钱换成新的整钱，给孙子的对象发个大红包。数着数着，他就忆起了他们几代人的姻缘。

爷爷当年是用三斗麦子把奶奶换回家的。奶奶家在深山里，住着石板房，日子艰难。家里姊妹五人，她为大。在三弟出生时，家里缺粮，吃了上顿没下顿，为了坐月子的母亲和刚出生的三弟能活下来，年仅十七岁的奶奶，跟着村里的几个姨，风餐露宿地走出深山，来到渭河南岸的塬上拾麦子，遇上了看守麦田的曾祖父。他询问了她们的情况，就动了善念，不仅从家里用水壶给她们提来了开水，还拿了蒸馍给她们吃。几天后，彼此熟悉了，村里同来的姨就说想给奶奶在山外寻个家，只要人好能吃饱肚子就行。于是，爷爷就扛了三斗麦子，赶往秦岭山里娶回了奶奶。

20世纪70年代末，儿子订婚时，又让人犯了愁。村里像他儿子那样年龄的青年，家里日子殷实的，在上学时，父母就给把媳妇"占"上了，定了娃娃亲。爷爷家里两个儿子，家底又薄，把媒婆都给吓退了。爷爷把愁刻在了心里，脸吊得似扭曲的茄子。他求左邻右舍给儿子介绍对象。东寻西找，都没有结果，无奈之下，便让大儿子去邻村给一户王姓的人家当了上门女婿。二儿子老实本分，他就托人从甘肃陇南给二儿子说了个媳妇，彩礼高得吓人，要一千六百元。这下把人都能熬煎死，没办法，他卖了家里养的牛羊，从银行里贷，从亲戚家借，总算凑够了彩礼，才把儿媳娶了回来，老高家这才像个家了。

女方家有难处，父母要那么多彩礼，是为了给她哥娶媳妇。两家人都是苦藤上的瓜。从穷人家来的儿媳孝顺公婆，实心实意过日子，两年后，生了孙子，爷爷拿着字典坐在门槛上，翻了无数遍，给孙子取名叫高鹏。

高鹏聪明伶俐，在全家人的宠爱中，上了小学、中学，考上了大学。高鹏的成长就没让家人多操心，可就是婚事让全家人揪心。

现在终于谈上了，一家人忙里忙外，做着各种准备：把屋里屋外粉刷一新，添了新家具，在镇上的酒店订了酒席，准备了好酒好烟以及订婚见面的四样礼。礼金则用大红纸包得严严实实。

爷爷在屋里屋外忙碌着、观看着、督促着。

日子到了，高鹏领着女朋友和她的父母来了。她父母都是干部，一点也没有官架子，随和而健谈，和爷爷奶奶拉着家常。姑娘有心，给家里每个人都买了礼物，把全家人都感动了。他们坚决不去酒店吃席，而要在家里吃家常饭。

临走时，女朋友家就拿了高鹏母亲给的四样小礼物，几万元的礼金千说万说都没要。

送走了亲家一家人，爷爷站在场院里百思不得其解。他想，连礼金都没有要，这能叫订婚吗？他心里七上八下的，咋想心里都不踏实。

"鹏儿，你这就算订婚了？"爷爷手里拿着没有给出的红包，站在场院里，不放心地问孙子。

"爷爷！订了，您就等着吃喜酒吧！"孙子高鹏坚定而自信地说。

村
庄
的
婚
礼

1

王大奎的孙子要结婚了。这几年，关于孙子的婚礼，全家人已经一起讨论过无数次了，特别上心的就是爷爷王大奎。他想，孙子是大学毕业，又在省城上班，婚礼一定要办得风风光光。于是，王大奎在县城最高档的酒店预订了酒席。

孙子带着对象回来了，村主任和孙子是发小，邀请他们聚了几次，孙子和对象都变卦了，说是要在家里举办婚礼，按照传统的习俗宴请亲朋好友，还说乡村婚礼纯朴、祥和、热闹、喜庆。他们还请村主任帮着运筹，恳请爷爷同意退掉酒店的酒席。王大奎跺着脚、瞪着眼，心里有着一万个不乐意。

村里五十五户人家，二十五户都已迁到了镇上，还有六户住到了县城。

村院里如今冷冷清清，野草长得赶上房檐高了，而且就剩了一些老人和残疾人，想找个主事帮忙的人都难，这婚礼能办成吗？

"年轻人，简直是突发奇想！"王大奎坐在门磡上抽着烟，心里七上八下，纵横交错的脸上写满了不悦和无奈。

可孙子执意要这么办，谁也改变不了。

2

王大奎三十岁出头时，还没寻下媳妇。爹娘都快急疯了，到处烧香拜佛，托人送礼。最终，用三斗麦子从南山坳里给他领回了媳妇。从此，一家人出门头都抬得老高。

大奎爹站在场院里高着嗓门向邻里乡亲们保证，要把儿子的婚礼办得红火、热闹，要让大家吃饱喝好。

那年春天，爹从大奎的舅家、姑家、姨家凑了几斗麦子、两斗黄豆，磨面、做豆腐；让大奎从镇上的百货店里给媳妇买了身新衣服，又买了一面碗口大的镜子、一把雨伞、一双红艳艳的绣鞋，然后择了个黄道吉日，迎娶媳妇进了门。

婚礼前三天，全村停了农活。大总管是队长蛮娃，男女劳力帮忙。大人小娃，都穿上了过年的新衣裳。男人村上村下跑着，搬桌子、拉凳子，借来锅碗瓢盆，搭棚起灶；妇女围在厨房，摘菜刷碗，忙活着、嬉闹着。

场院里升腾起的炊烟，裹着浓郁的香味在村里村外弥漫。远远赶来的几个乞讨者，靠在场院的麦垛上，嘴角流着口水。

婚礼当日，总管蛮娃有言在先，主要亲属、随礼的客人上席，其他人靠边；村里帮忙的人，尽心尽力，要把事执"硬"。就这样，防来挡去，还是有不该上席的人混着上了席。席间菜一到桌上，筷子就打起了架，主家准备的米、面、油都吃得见底了。送走了客人，轮到村里帮忙的男女时，已没啥好吃的了。他们只好自己动手熬了两锅大烩菜，主家又从代销店赊了烟酒，招呼大家。大奎爹红着脸和儿子给众人敬酒，道歉致谢。

大总管蛮娃喝醉了，他哭着闹着，掀翻了酒桌。

王大奎心里清楚，蛮娃大他两岁，他娶的媳妇是媒人原先要介绍给蛮娃的，只因蛮娃家拿不出那三斗麦子，媒人才把这女子又介绍给了他，也才有了今日的婚礼。从此，两家人见面绕着走，长时间都不说话。

3

土地到户后，王大奎家分得了二十亩薄地，一家人心齐，耕田种地，养猪养羊，铆足劲挣钱囤粮，准备给儿子订婚。他拆掉土房子，建起了砖木结构的瓦房，然后就四处张罗着给儿子寻媳妇。

山区条件差，订婚难，好在儿子在西安打工，自己谈了个山西姑娘。可女方家穷，彩礼要得多。没办法，王大奎向亲戚借、从银行贷，才给女方家凑齐了彩礼，按对方的要求筹划着结婚的事。

王大奎挺直腰杆，在场院里向邻里们说，我儿子的婚礼一定要办得洋活、上档次，全村第一。

婚礼当天，请了三位大厨，在门前的场院里摆了三十桌酒席。八凉八热，有鱼有鸡。还未开席，酒桌就已坐满了客人。村里帮忙的、亲友们，拖家带口地都挤着上了酒桌。这些年，家家有余粮，但不是天天都能吃上肉，人们还是稀罕吃酒席。盘子上的鱼没翻身，鸡没展翅，就被大嫂大妈装进了随身带的袋子里。

客人一拨一拨来，又一拨一拨地走，三十桌流水席，备好的米、面、油，宰杀的三头猪被吃得光光净净。女方家约定来十桌客人，结果却来了十五桌，一下子乱了坐席秩序，因招呼不到位，女方家的亲戚大吵大嚷，把婚宴弄得乱哄哄的。

村里帮忙的男人们，吆五喝六地喝着酒，其中几个人没把持住，竟喝得烂醉如泥。最糟糕的是村里的赖子，喝醉了酒，睡到场院的麦垛里，打着滚，叫喊着，还骂主家吝啬，没给客人吃好。而他自己从酒席上偷藏的两盒香烟撒落了一地。

4

孙子婚礼的总管是村主任。婚礼前三天，村主任就在本村的"大家庭"群里通知全村人回家参加婚礼。村民们从四面八方赶了回来，有的帮忙清扫院落，有的帮忙挂灯笼、贴喜联，把冷清的村院弄得红红火火、热气腾腾。

大型餐车提前一日开进村里，停在场院边，各种食材，垒成了小山。大厨小工们各自忙碌着备席。

婚礼当日，王大奎一家人穿着里外全新的衣服，站在场院里，笑盈盈地同客人们打着招呼。他们能想到的客人来了，没有想到的客人也来了。县电视台来了记者，摄像的师傅是赖娃的儿子，他扛着摄像机，跑上跑下拍摄着。镇上文化中心还派来了二十名演员，在碌碡、磨盘农具搭起的舞台上表演节目。装台布景的道具，都是出了力、流过汗的。

村主任主持婚礼，按照乡里最传统的婚礼议程，一项一项进行着。新郎和新娘拜天地、敬祖先、认亲戚，再给村里的乡亲们行大礼。最后全体村民集体合影，照合家欢。

爷爷奶奶们坐在中间，村里的人几乎都参加了，就连患脑出血后遗症的蛮娃，也穿着崭新的衣服坐着轮椅来了，新郎和新娘把他推上了台。王大奎忙上前，把蛮娃推到了自己身边。

婚礼结束后，村主任郑重其事地向村民们宣布：我们的村庄就要重新规划了，这个老村庄不久就消失了。这次就是借这场婚礼给村庄留个纪念……

家乡的皂荚树

　　我的村庄四周生长着各种各样的树木，在这些树木中，我家场院边上的那棵皂荚树见证了我的成长，也承载着我浓浓的乡愁，让我难以忘怀。每每回到村庄，我都要在皂荚树下驻足流连。

　　皂荚树生长在场院边的高磡之上，树干约有六七米高，粗如木桶。浓浓的树荫下，一边是我家的场院，一边是村里的大涝池。那些年，村里的涝池里，四季都有碧绿的水。

　　村里的皂荚树少，就十几棵，其中有几棵长得高高的却不结皂荚。而我家这棵皂荚树枝繁叶茂、果实累累。当春风吹起，皂荚树就开始发芽；立夏时分，树枝上开极小的黄花，密密匝匝，香气四溢，花败时，树下洒落一层厚厚的花瓣；盛夏后，嫩黄的皂荚一爪一爪地缀满枝条。那时候，人们家里穷得连火柴都买不起，更谈不上买洗衣粉、香皂了，鲜嫩的皂荚泡沫极为丰富，去污力很强，没啥副作用，有着一种特别的自然清香。

村里的媳妇、姑娘们每攒下一堆脏衣服，就到皂荚树下的涝池来洗。她们找好洗衣服的位置，放下洗衣盆，就用竹竿敲打树上的皂荚。她们把打下来的皂荚用棒槌砸碎，然后裹在衣服里，用棒槌槌打，不一会儿，洁白的泡沫就在水盆里泛起，再揉，再搓，最后在水里涮几下，衣服就干净了。皂荚也成了全村人生活中不可缺少的东西。

夏收时节，人们在麦场上碾场、扬场，干得一身尘土，回到家，就拿上脸盆到涝池边洗头。他们先从皂荚树上打几个皂荚，在净石面上捣碎，揉成小团，然后，把头发在水里清洗几遍，拿碎皂荚在发丝中间来回轻揉，直到有白沫出现，最后再用清水洗干净。洗过之后，头皮不再瘙痒，感觉身心清爽。

皂荚树是我家的，人们打皂荚都得给我父母说一声。我父母也是有求必应，只要有人说了，就取来竹竿，让他们去打。也有偷偷打皂荚的，这时候，父亲就让我没事了坐在皂荚树下看着，只要打的皂荚够他们用就行了，别浪费了。

邻居文学叔，父母去世了，三十多岁还没有成家，一个人孤零零地过日子。他拿来凳子，坐在我身边，帮我看守着。对那些贪心的人，我看着的时候，不好意思制止。可文学叔不顾忌，他站在皂荚树下，大声吼道，少打点，别不心疼！他上心负责，很让我放心。我就与伙伴们去玩了，只需偶尔来到树下转一转。后来，我发现文学叔对村里的芳芳婶偏心，看见她来洗衣服，就扛着竹竿给她打皂荚，多得用不完，文学叔就给她放到盆子里，让她拿回家去。芳芳婶的丈夫是前年去世的，她一个人养活着三个孩子，生活很艰难。文学叔这一举动被我发现后，他就红着脸不知该说啥。回到家，我把这个秘密告诉了母亲，母亲警告我：别乱说。后来我才知道，那段时间，母亲正撮合着芳芳婶跟文学叔，希望他们合成一家。但不知咋的，后来还是没有办成。几年后，文学叔去南边一个村子当了上门女婿。每到七八月份，他都要回来打些皂荚拿回去。

初冬时节，皂荚树的叶子纷纷飘落，冷风刮过，树枝上形如刀鞘的浓黑而坚硬的皂荚在风里飘摇，发出叮叮咚咚的声响。这时，我帮父亲抬来木梯，靠在树干上，父亲就上到树上，把剩下的皂荚打下来，用扁担挑到镇上去卖。记得当时干皂荚一斤四五分钱。父亲每次去集上那天的傍晚，我都站在村口等着父亲回来，因为他总会给我买本我喜欢看的书。

后来，人们的日子好过了，洗衣服很少再用皂荚了。我再也不用去皂荚树下看守了。几年后，我也离开老家到外面求学、工作，回家的次数越来越少。但每次我回到村里，看见场院里那棵高大的皂荚树，心里就升起一股亲切和激动之情。

当看到皂荚挂在枝头，在风中哗哗作响时，许多朦胧的记忆就又豁然打开了。我仿佛看到母亲在树下为我们洗衣的样子；想起姑娘们站在皂荚树下仰望的神情；想起文学叔给芳芳婶打皂荚时涨红的笑脸。这些画面像一幅幅悠远的山乡景致，清幽质朴，令人难忘。

我眷恋家乡的一草一木，无论在何时、何地。看到那些熟悉的树木，我就觉得是那么亲切、那么迷人，依稀如烟的往事又历历在目。

风华

爱读报纸的娃

爱读报纸的娃

在小村北边的破草棚里，住着一户从秦岭南边来的客。主人姓王，人们都叫他老王。他家里大小六口人，靠着老王两口子没黑没明挣工分养家糊口，日子过得凄苦。年终时，政府给了救济名额，村上开社员大会进行评选，老王家老是评不上。外来的客，没有根脉，谁能想到他们。这个时候，性格直爽的老王就愤愤不平地站起来与队长理论，村里的大会总是在他们的吵闹声中结束，吃亏的仍是老王一家人。

日子似黄连，苦中度日。老王老婆贤惠，怕惹事端就去队长家赔礼，乞求能得到谅解。上小学的儿子山娃怕母亲受委屈，就拽着母亲的衣角，陪在母亲身边，为母亲擦去泪痕。

队长家的方桌上，放着新到的报纸。山娃傻站在桌旁，眼盯着报纸，伸手就去翻看着。读着读着，报纸上的文字，让小小的他心里的怨恨也融化了。

他羡慕队长家有这么多报纸，就把他自己喜欢的句子、段落，读了又读。

队长家就是生产队的办公室，来的人多，就烦他们。母亲知趣地牵着儿子往出走，山娃恋恋不舍，眼睛就盯着报纸不肯离开。队长见状就把报纸塞给他，山娃感激他，微笑着拿上报纸，拉着母亲回到自家的破草棚里。

此后，山娃就常去队长家阅读报纸。队长家的婶，吊着长脸，指着鸡嫌叫、指着狗嫌跑，指桑骂槐。山娃红着脸帮她提水、扫地。她脸上便有了笑容，从土炕席底下拉出一沓报纸，放到桌子上。

"别拿走，快过年了，我要用报纸糊墙哩。"她对山娃说。

"嗯！"山娃点着头。

山娃爱读书，爱学习，老师常表扬他。每次考试，他的成绩在班里都排名第一。他上完小学上初中，又考上了高中。

高中毕业后，山娃高考金榜题名，被省外一所财经大学录取了。小村里、小镇上都沸腾了，人们都在议论山娃考上大学的事。学校敲锣打鼓送来了通知书，还响了长长一鞭炮，给山娃披上了大红被面，队长讲话说山娃是好样的，从小就爱学习。

开学前夕，老王卖了圈里的猪和笼里的鸡，凑够了学费。在车站辞别时，儿子接过父亲扛的被褥，拎起母亲递过的布包，替母亲擦去脸颊的泪水。他转过身，牵着父母的目光，乘上了北去的列车……

寒来暑往几载，大学时代很快就结束了。山娃被分配到市财政局上班。娶妻，生子，一切都是那么自然、顺畅。从此，他成了公家人，吃上了商品粮。在小村生活的父母老了，他们住进了儿子在城里的家。

老王全家离开了小村，但他们家人穷志不短的故事，在小村里传扬。

特别是山娃爱学习，懂事理，常去队长家看报纸的故事，老队长在嘴边挂着，常常说起。

随着岁月变迁，农村日渐萧条。村里几十户人家，老人老了，年轻人走了，只留下一片荒凉与孤独。老队长的老伴过世后，两个儿子老大早年病亡，妻子带娃远嫁了；二儿子过得穷，长年在外务工。

去年立春日，寒流来袭。老队长没能扛住，患脑出血差点送了命，开颅手术后治疗了一个多月，命才保住，但生活不能自理，整日躺在土炕上。夜晚，他家瓦屋里传来嗷嗷叫声，声音凄凄惨惨。儿媳照顾他不尽心，也不方便，他就不停地吼叫。

冬去春来，河边沟畔，屋前篱落，一抹嫩绿增添了生机。村上来了扶贫干部，带队的王局长驻进村里，入户家访看望乡亲，倾听心声，谋划脱贫之策。

王局长对小村情真意切，视村民如亲人。他从城里带来医生，给村里的老人诊脉治病，又把老队长送到市医院住院，针灸、按摩全方位治疗。

两个月后，老队长被扶着就能站起来了，他也不再吼叫了。我知道他想说啥，但欲言又止，泪水长流。医生要求他坚持治疗。

双休日，王局长拎着水果、补品来到医院，守在病床前，扶着老队长一步一步走着一……二……三、一……二……三……

"你……你……你是……"老队长抬起手，指着王局长，"你是……山……山……山娃！"

"是的啊，叔！"王局长眼含热泪，"我就是那爱看报纸的山娃啊！"

病房里的人们，顿时愕然。

惑

　　在这山旮旯里，丈夫是出了名的大作家。虽说他只在报刊上发表了几篇豆腐块的小文章，可在这偏僻落后的小村里，他就是个了不起的角色，人们都很尊敬他。

　　贞女姑娘就是慕名而来的。她拿着自己的习作，恭恭敬敬地请他指教。他也毫不吝啬，尽心尽力地教着姑娘。因为共同的爱好，他们一见面，就是那么自然——他侃侃而谈，她洗耳恭听，两人之间是那样默契和谐。

　　每到周末，她就沿着弯弯的山路，来到坐落在山脚下的校园。而他也从不厌烦，哼着流行歌曲，把微笑和快乐挂在脸颊。

　　在姑娘到来之前，他让妻子把屋子打扫干净，把茶具洗了又洗……总之，要给姑娘留个好印象，免得姑娘取笑他这位尊敬的师长。这时作为丈夫的他，语调谦和，满脸荣光；作为贤妻的她，也心甘情愿地把一切做到让他满意，从不厌烦。

　　贞女姑娘长得很漂亮，似开在这山坳里的一朵艳丽的小花，让人爱怜、羡慕。但更令人佩服的是，她勤奋努力，好学上进，在高考落榜后，不甘沉沦，决心走自学成才之路，一边劳动，一边坚持文学创作。

　　门开了。噢，是贞女。妻子给姑娘让座、倒了水后，静静地坐在旁边，深情地注视着丈夫。

　　"唉！贞女的文字功底扎实，有创作天赋，可就是对生活缺少感受。"丈夫面对着妻子，迟疑了片刻，说，"从现在开始，我得和贞女走出这四堵墙，去户外采风，以培养她发现美、欣赏美的能力。"

　　妻子欣赏着自己的丈夫：宽阔的额头，饱满而红润的两颊，轮廓分明的五官，鼻梁上架着一副黑框眼镜，更增添了几分尊严。但她更佩服的是，他吟诵的那些诗句和为人处世的哲理名言，在她的眼里，丈夫就是一个俊逸潇洒、满腹经纶的大学士。作为妻子，她为此欣慰而自豪。

　　"好，你陪她去吧！"她对丈夫更多的是信赖。

　　可是，有一天夜已经很深了，丈夫才回来。妻子忙迎上前去给他端茶、递烟。而他却摆摆手避开她倒在了床上。细心的妻子看得出，丈夫极其疲倦，而且心情不佳。后来，她在写字台上发现了一张这样的字条：

先做人，后作文。

贞女回赠老师

　　噢！她想起来了，贞女姑娘第一次与丈夫见面时，丈夫送给贞女的日记本的扉页上写着这句赠言。

　　贞女姑娘这样做又是为什么呢？他们之间发生了什么？她心里充满了迷惑……

说

谎

20世纪70年代，我们村住着一位县里派下来的干部。他姓常，身材魁梧，大圆脸，人们都叫他小常。他住在村上边的瓦房里，常给村里人开会，讲政策，学文件，大家都很尊敬他。

我母亲因没进过学堂，所以，对文化人特别敬重。她叮嘱我要好好读书，以后做个像小常干部一样的文化人。我牢记母亲的话，常以小常为榜样。

小常在村里吃派饭。轮到我家管饭时，我就帮着母亲早早地把屋里屋外收拾得干净整洁。母亲也尽家里所有变着花样把饭做好，以让小常吃得满意。我和母亲的热情感动了小常，他和我成了好朋友。放学了，我就去他的住处，给他讲学校里发生的事，他也跟我说村上的事。最令我高兴的是，他的住处有很多好书，有《艳阳天》《高玉宝》《创业史》等，我翻几页就喜欢上了。

母亲一做好吃的了，我就拿给小常吃。他吃的时候，我就坐在他身边看书。他给村里的干部安排工作，我也在旁边聆听。有时，他也给我安排跑腿的活儿，我都兴冲冲地去干。麦收时节，他让我当拾麦队的队长，把村里上学的娃娃组织起来拾麦穗，并监督队里的坏人，发现情况及时向他报告。我点点头说：保证坚决完成任务！

村里的牛蛋偷队上的水缸，二狗偷砍坡上的木料，都是我发现的。我及时报告给小常，小常夸赞我热爱集体，将来一定有出息。

那年冬日，又一次轮到我家管饭了。母亲做好饭后，让我去叫小常。我走到村子中间时，发现村巷里有三个外地妇女，背着布，正吆喝着换布。我头脑一激灵，这不是在搞投机倒把吗？不行！必须给小常报告。我快步跑到了小常的住处，给他汇报了情况。他听了，立即出门，还让我去喊民兵连长，帮他一起去抓那几个换布的人。我急忙又奔村子北边去喊民兵连长，向他传达了小常的指示。完后，我又急着往村子里跑，怕误了抓人的时机。

在村子中间，我见到了小常，他还在挨家挨户询问那几个换布人的去向。有人说看见她们向村下边走了，我们就一起往村下边追。

我家正好住在村子下边，屋后是三四米高的土台，台下是地，地连着沟。寻找到我家的场院时，就见母亲站在门前的大槐树下。

"咋啦，着急上火的？"母亲问。

"婶，你见没见几个换布的妇女？"小常迎上去问。

"没有！"母亲平静地说，"不是不允许外来人在咱村做买卖吗？你大会上讲过，婶记着呢！"

"那她们会去哪里了呢？"小常在场院周边搜寻着，没有发现可疑情况。

"有可能从屋后的土台上溜下去顺地畔走了，我刚才在灶上做饭，好像听见屋后边有脚步声。"母亲说。

我转过身，带着小常绕过我家低矮的羊圈到后院查看，土台边上的豁口是我平时玩时溜出来的，没有发现明显的痕迹。小常黑着脸，把脚下的一块土疙瘩，用力踩得粉碎。他让连长快去追。

"快！饭好了！"母亲招呼着小常到家里吃饭。

母亲端上饭菜，催小常快吃，别饿坏了。

吃罢饭，母亲取出藏在柜子里的核桃，用小袋子装好，让我送小常回住处。

"小常那儿有书看，你就跟着去看书吧！"母亲说。

出了门，小常说："我感觉那几个换布的没走，咱们追的时候，她们应该躲起来了，可能有人给咱说了谎。"

"那会是谁呢？"我问。

"谁藏她们就是谁。"小常也在冥思苦想着。

晚上，我正在煤油灯下写作业，母亲从外面进来了。她坐在炕头，从怀里取出一块白粗布，放在我的面前。

"妈今天换的，等你上了中学，好缝被子用。"

"妈！你今天换布了？"我吃惊地问，

母亲示意我小点声。

"那几个妇女不是坏人。"母亲说。

"她们搞投机倒把，还不是坏人？"

"娃啊，你还小，有些事你长大了就懂了。"

"妈，你咋知道她们不是坏人？"

母亲语重心长地说："因为她们的手和妈的手一样糙，她们的脸和妈的脸一样黑。"

母亲的手上，裂了许多口子，那些小口子就像一只只张开的小嘴巴。

"也不知道是哪个舌头长的给小常报告了。"母亲又说了一句。

我坐在土炕上，傻呆呆地望着母亲，没有说话。

油灯的光亮上下跳动，忽明忽暗。

上山 下山

在过去，把干部分配到山里工作叫"上山"，分配到平原或进城里工作叫"下山"。山里工作条件艰苦，所以一般认为干部上山工作了，就矮人一等，就会被人瞧不起；而能下山或进城里工作，就被人羡慕，说其有能耐，也会被人高看一眼。

田进和高翔是同学。初中毕业后，他们都考上了市里的农业学校。那学校是培养乡镇干部的摇篮，村里人都夸赞他们有出息，说娃们努力学习有了回报，吃上了公家饭，端上了铁饭碗，一生都不用发愁了。

在学校里，田进和高翔相互鼓励，共同努力，门门功课成绩都是优秀。因为都是穷家出身，父母都是老实巴交的农民，他们只有靠读书来改变命运。

农校毕业后，他们又一起被分配到了距家五六十公里的红岭乡人民政府工作，那里急需要年轻干部。

红岭乡政府地处山坳里。乡政府里三十多名干部大多是本地人，而且年龄偏大。县里调来的干部待不住，干两年就调走了，有的干部一时走不了，连对象都不好找。他俩到办公室报了到，在政府院里走了一圈，高翔的眼泪都掉了下来，——多年寒窗苦读，咋就分到了这鬼地方。田进劝高翔说，别人能待，咱也能待。就这样，俩年轻人收拾好宿舍，就开始了自己的第一份工作。

他俩早出晚归一起下乡，进村入户了解群众的生产生活情况，帮助他们解决生活中的困难。傍晚，他们回到政府后，田进吹笛子，高翔拉手风琴，歌声、琴声，在政府院子里回荡……

两年后，田进和高翔都得以提拔。高翔担任了办公室主任，田进担任了团支部书记。领导和同志们都看好他们，也都公认俩年轻人有能力、有作为。

高翔忙于机关办公室工作，常常闷闷不乐，一个人坐着发呆。下班后，他独自来到政府后边的山梁上，手里捧着长篇小说《第二次握手》，心却飞向了远方。对象还没着落，给女同学写了几封信都没见回音，他很苦闷，心想：何时才能走出大山？

田进坚持下乡，在村上组织开展植树造林、道路维修、产业结构调整等工作。

又过了三年，田进和高翔分别被提拔为副乡长，高翔副乡长分管全乡的农业、林业、水利、道路建设工作；田进副乡长分管共青团、文化宣传和民政救助等工作。

　　高翔没有心思工作。他叹息着在政府大院里徘徊，想着总不能把自己大好的青春时光全部消耗在这山沟里，他想走出去寻找更大、更宽广的平台。

　　时光如流水般一天一天逝去，田进和高翔两人之间渐渐有了隔阂，见面仅打个招呼，便各忙各的事。

　　那年春季，全乡公路建设工作即将开始之际，上级来了一纸公文，要高翔到市党校离岗进修两年。政府领导不好阻拦，因为进修是好事，不能耽误了年轻人的前途，就是此时时间段不对，但是下级必须服从上级。田进也替高翔说情，说上面分配一个名额也不容易，还是让他去吧。于是，田进就接管了高翔负责的公路建设工作。高翔背起收拾好的行李，在乡干部们羡慕的目光中下了山，满面春风地去地区党校报到了。

　　红岭乡境内交通条件差，对原有公路进行改线拓宽的工程任务非常艰巨。但乡党委已联合县公路局进行了调研勘察，上报了县委、县政府，乡党委书记和乡长也向上级立了军令状，决心在麦收之前全面完成公路建设任务。

　　田进接受任务后，夜以继日地奔波在乡政府与公路建设工地之间。当时，农业机械化程度差，所有的工程都得由人工来完成。按照各村劳力情况，对全段工程量大小进行了分配，田进要求各村委会成立领导小组，加快道路建设进度。他吃住在公路建设指挥部，督促、检查、评比，及时解决工地上遇到的问题。

　　经过三个月苦战，在麦梢泛黄的时节，乡境内的二十公里公路改线拓宽工程顺利完成了。田进撰写的《要致富，先修路》的调研报告也在市政府主办的《政府调研》杂志上刊发了。

　　两年后，田进被选调到县政府办公室工作，成了田主任；高翔结束党校的进修后，按要求回了原单位。他背着行李，再次踏上了他熟悉的山路。

老王 小王

女儿大学毕业后，考上了公务员，被分配到了父亲老王曾经工作过的镇上工作，人们都叫她小王。

老王大半辈子在镇上基层工作，临退休时才调进城；小王又女承父业去了镇政府工作。

镇上工作千头万绪，错综复杂，老王担忧小王在镇上的工作。

晚上，小王回到家，父女俩坐在一起，老王总要问一问镇上的工作。听小王介绍了情况后，老王心里似有一大箩筐话要对女儿叮嘱。

镇上的工作很难搞，你要谨慎。首先，要爱农村、爱农民、懂农业。在镇政府，听从领导的安排，多请示，勤汇报，虚心请教老干部，向他们学习。特别是老李、老刘、老郭，他们都是我带出来的干部，你有困难就多请教他们，他们会帮你解决。他们知道，你是老王的女儿，必然会帮忙的。

小王点了点头笑嘻嘻地说："这些我都知道。我是老王的女儿，老王没干好的工作，小王来干！"

"嘿！老王干过的工作，是没有什么可说的。"老王自信地说。老王与小王就这样以现阶段乡镇工作为话题认真地聊了很久。

夜深了，小王打着呵欠说她要休息了，可老王还想着镇上那些事，似乎仍意犹未尽。

老王回到卧室躺在床上，往昔在镇上工作的画面，像演电影一样，一幕一幕的，在他脑海中不断闪现。

"老王没干好的工作，小王来干。"鬼女子，这话说得父亲老王心里七上八下。

20世纪八九十年代，镇上的工作被编成了顺口溜：改河造田，修路架桥，催粮收款，刮宫流产。记得那年深冬，镇上的计划生育工作在全县排名靠后，镇党委书记、镇长在全县干部大会上挨了批评。人家领奖牌，可老王镇上领回的是块黄牌。县上计划生育总结大会结束，镇党委书记和镇长回到镇上立即开会动员，大发雷霆，要求干部们动脑子、想办法完成计生任务。

三更半夜，镇长亲自带领干部进村入户，给超生对象做工作。那是个下雪的夜晚，镇长带着老王和几个年轻干部到靠山的南湾村一个超生家庭进行检查，把对象户的门环叩得"叭叭！叭叭！"地响。主人家磨磨蹭蹭开了门，干部们站在炕边看来看去，土炕上有两床被筒，男主人紧张地站在墙角，却没见女主人，无论怎么问，男人都一言不发。

镇长让干部们在屋里找，老王便踩着木梯上到阁楼上查看。他手握着电筒照了又照，也没有发现人影。但墙角的一口大瓮引起了他的注意。他上前推开木盖，吓得差点喊出声来：只见女人蜷缩在瓮里浑身发抖。老王把瓮盖猛地拉上，极力保持着冷静。那一刻，也不知从哪儿来的智慧，他推开后边上来的干部，指着后墙敞开的窗户，说："快！人从后墙的窗户跳下去跑了。"

下楼后，老王就和几个干部向屋后追去。那天夜里，回到政府大院，老王想着蜷缩在大瓮里的孕妇，又想着自己正处于妊娠反应期的妻子，久久难以入眠……

好在那妇女终于躲过了那次追逃。后来，那户人家向政府缴纳了计生罚款，生了个儿子。很长一段时间里，老王都为自己那次说谎而感到后怕。

外面起风了，老王下床走了走，他想，过去在镇上工作还是简单、粗暴。现在政府的行政职能向公共服务型转变，各项惠农政策也增多了。"上面千根线，下面一根针"，工作要求更细致，工作琐碎而辛苦。时间紧、任务重永远是镇上工作的主题。

这些日子，小王早出晚归，加班加点。他们走村入户，摸底调研，制定镇乡村振兴五年发展规划。看着女儿加班、熬夜，老王真的很心疼！

这天小王又要加班了，老王心疼女儿，坚持要陪她去，女儿坚决不让。这女子，生性就要强。

中秋节到了，女儿领回了男朋友。小伙子是当地人，农林科技大学的研究生，是她的同事。

老王像普查人口一样问这问那，你是哪个村的？你爸叫啥？

"我是南湾村的。我爸叫……"小伙子一一回答着。

"南湾村的？那你应该是姊妹三个，你有两个姐姐，对吧？你应该和我女儿同岁！"老王胸有成竹地说。

"是啊！"小伙子很惊讶，"叔您记性真好！对我们村的情况知道得真多！"

"你们镇共有十二个村、九十六个村民小组，我都驻过……"

牵挂

高强是现任市慈善协会会长。今天，他受邀出席市特殊教育学校举办的庆"六一"文艺汇演。他坐在嘉宾席上，观看着学生们与家人的演出。

舞台上，大幕徐徐拉开，主持人款款走上台来。

"下面由李菲菲和她奶奶一起表演京剧《红灯记》选段，请大家欣赏！"主持人清脆的报幕声落下，一老一少走上台来开始表演。

这是一场特殊的演出，几乎每个孩子的节目，都是在亲人的帮助下完成的。一个简单的动作，有的孩子做起来都是那么吃力，真是不易。台下的观众们满含热泪聚精会神地观看着。

四十年前，高强会长也曾表演过这段京剧。伴奏乐响起，他即进入剧情，沉浸其中……

听罢奶奶说红灯

言语不多道理深

为什么爹爹表叔不怕担风险

为的是救中国救穷人

打败鬼子兵

……

舞台上的表演很精彩，特别是那位奶奶，与孩子配合得非常默契。观众席上响起一阵阵热烈的掌声，观众们为孩子们喝彩，也为参加演出的家人们喝彩，并喜悦、惋惜、感动着。

"会长，你喝水！"坐在高会长旁边的小刘，把一瓶矿泉水打开递过来，又递上了湿巾，一直沉浸在戏情中的高强这才回过神来。

演出结束，高会长被邀上台与演员们合影。

那位演《红灯记》中李奶奶的奶奶，此时，他才越看越觉得面熟。他在记忆深处快速搜索着……

散场时，高强特意找到了那位奶奶。

"大姐，您家是哪里的？"高会长上前问道。

"水龙湾村的。"她回答。

"噢！你是秀英？"他问。

"嗯！"她点点头。

"咱们同台演过《红灯记》。"他说。

"啊？你是高强，你咋不见老啊？"

"我们都老了！"高会长深情地看着面前的秀英，动情地说。

20世纪70年代初，高强作为知识青年，上山下乡到红岭公社插队。

他和六位同学分到了水龙湾村。村上把仓库腾出来让他们住，还给他们盘了个大土炕。

那年冬季，公社集中知青成立了文艺宣传队，排练文艺节目，活跃农村文化生活。就在此时，高强认识了秀英。秀英她爹是大队的支部书记，认识她的人很多。那时她性格活跃，家境优越，像只快乐的小鸟。

困难时期，粮食短缺。冬夜里，每晚排练节目到很晚时，高强就饿了，有时肚子饿得发慌，秀英就偷偷地给高强拿馍吃。慢慢地，他们就走得近了、见面也多了。有事没事，秀英总爱来找高强，他也总找理由去见她。

高强每次进城时，总想着给秀英带点小礼物，比如她爱看的书、擦手油、雪花膏等。就这样，两人的关系就在朦朦胧胧中水到渠成。在那苦涩的日子里，他们的生活就有了蜜意。

美好的时光总是那么短暂。几年后，高强要进城上班了，秀英的影子也就永远地留在了他的印象里，许多年都挥之不去。那山，那人，那情，那景，始终是他心头永远的牵挂。

"你过得好吗？"高强问秀英。

"好着哩！"她一边说着立刻就泪眼婆娑。

水龙湾村距离县城七八十公里。人要找人，也是很难的。那时，秀英曾多次来城里找过高强，想与他见一面，但终未实现。她不奢望与他结合，只是想听听他的意见，希望他给她指条路。但找了多次，她却是失望而归，也就从此打消了见他的想法。

女大当嫁。在媒婆的撮合下，秀英最终嫁到了镇上的一户人家，总算离开了山里。然而，选择了地方，却选择不了人。她男人没有责任心，长得人模狗样的，脑子却不够使，家里的一切都得让她操心。日复一日，年复一年，她的日子过得很苦，但也只能认命了。

如今，她儿子已经长大，并结了婚，儿媳也很孝顺，她想着，苦日子总算要熬到头了。谁知孙女又患了先天疾病，治病就医，四处奔走，花掉了她家所有的积蓄，还欠了巨额的债务。

"你说，"高强恳求她，"需要我帮啥？"

"不用了！"她感激地说，"一切都会好的。"

从此，高强会长的身影就常出现在特教学校的校园里，与那些特殊的孩子在一起……

泥饭碗 铁饭碗

明远和高鸣是同学，高中毕业后，他们都没能考上大学。

明远在复读时，父亲患癌症去世了。家里没有了劳动力，他就无法继续上学，只能回家下地干活了。

高鸣不甘心在村里劳动，托在县国营机械制造厂当保卫处处长的舅舅，给他办了城市户口，顺利地上了厂子弟学校。高鸣毕业后，进厂当了正式工人，成了公家人，端上了铁饭碗。

明远和同学们都很羡慕高鸣。他们去县城里办事，就去高鸣的单位听他谈社会和人生，以排解心中万千迷惑。

1980 年，镇政府给乡里的学校招考教师，明远就报了名并且考上了。他走上了乡村学校的讲台，开始了自己的教育生涯。人们都说代课教师是个泥饭碗，经不住风吹雨打，随时都可能碎了。明远也渴望像高鸣一样，端上铁饭碗。但这对他来说太难了，他就埋头在乡村学校里认认真真地教书。

在校园里，明远上课下课，辅导自习，批阅作业。他喜欢学生，学生也喜欢上他的课。他用心去教，想方设法根据学生掌握知识的情况，琢磨着不同的教法，尽力使学生学得轻松、学得快乐。几年后，明远成了学生和家长们认可和喜爱的好老师。

20世纪90年代，县、乡财政困难，乡里的教师和干部几个月都领不到工资。学校里有教师就离开讲台，下海去做生意了，也有人寻门路转到别的行业上班了。

明远家里的生活也很难，上有老、下有小。他一边教学、一边耕种着家里的十几亩地。为了不耽误教学工作，地里的那些农活只能利用晚上和休息日加班干，所以，他比常人就苦多了。他知道，要养家糊口，必须把地里的庄稼种好。母亲患病了，自己又进修学习，欠下了债务，如果没有土地的收入，日子就很艰难。

秋风吹黄了庄稼，也吹皱了明远的心。秋收时节，农用化肥一天一涨价，妻子催促着明远赶快买些化肥，不然，秋播时又会买不起的。今年下种化肥供不上，明年麦子又要歉收了。几个月都没有发工资了，明远无奈地叹息着。他思虑再三，再次走进镇上的农业银行申请了五百元贷款。买了秋播用的化肥，又去药店给母亲买了常用的药，就仅剩五十元钱了，明远没敢动用，因为，他还要去县里参加秋季自学考试。

坚守与放弃，明远心里时刻在纠结着。站在讲台上，每当看到学生们渴求知识的目光，他就说服自己放弃非分之想，安心地守在讲台上。

收秋时节，他把黄豆收上场，打了两遍后，自学考试的日子就到了。于是在秋风秋雨中，明远去县城参加自学考试。在寻找住处时，他遇到了同学高鸣。

高鸣已辞了公职，开办了酒店。高鸣把明远接进自己的酒店，给他安排了豪华的房间，明远非常感动。他真心佩服高鸣的魄力。那晚，高鸣热情地款待了明远，还请来了已调任县公安局当科长的舅舅。酒桌上，明远喝了不少酒，和高鸣聊到了大半夜。高鸣说要高薪聘请明远来帮他打理酒店业务，劝说他辞掉民办教师，明远想到学校里那些孩子，没有答应。

明远参加自学考试学习大学课程，三年后各科都拿到了结业证书——他获得了名副其实的大学本科文凭。几年后，明远被提拔为校长，不久，又由民办教师转为公办教师。

过了几年，明远又被选调到县教育局办公室工作。他想跟老同学高鸣见个面，却没能联系上，高鸣好像从县城里消失了一样。

2012年秋季，县教育系统组织了一次"大教研，大走访"活动，明远意外地见到了高鸣的舅舅。他很惊讶，怎么也没法把面前的这位老人与当年那威武的公安干部联系起来：他佝偻着身子，颤颤巍巍，看起来身体状况极差。明远扶着老人坐在社区广场上，向他询问高鸣的情况，老人还没有开言，眼眶里已盈满了泪水。

当年，在舅舅的关照下，高鸣经营的酒店生意兴隆，财源广进；高鸣成了县上的优秀民营企业家、劳动模范。可后来，他又投入房地产开发，还成立了信贷担保公司……最终，因盲目开发、非法集资、违规经营，导致企业破产且触犯法律而成了阶下囚。

高鸣的舅舅作为股东之一，也受到了牵连被追责后，丢掉了公职。

山娃的人生

山娃出生在秦岭山里，生活在巴掌大的山村。村里几十户人家，连个吃公家饭的干部都没出过。山里生活条件差，出门就爬坡，吃水难，行路更难。

山娃小时候就勤快，平日放学回家，就帮着父母干活，给猪割草，上坡放羊。他爬到高高的山梁上，看着近处的沟坡，望着原下的村庄，只见道路宽阔、土地平整。再回头看着自己的村庄，显得贫瘠而丑陋。他暗下决心，长大了一定要逃离这贫穷的村庄到外面去。

山娃的小学是在村学上的，初中是在十几里外的镇上读的。为此，他爬坡过河，吃尽了苦头。初中毕业升入高中，村里的伙伴们都辍学在家帮大人干活，或出门打工为家里挣钱去了。山娃也曾想过终止学业，出门闯荡去。但每当他有了这个念头，就被父母给掐断了。

"没出息的主，就那目光？！"父亲生气地跺脚，山娃就乖乖地背上母亲给蒸的馍去了学校，从不敢怠慢。

寒来暑往，春夏秋冬，父母守着土地，种了收，收了种，拼命地干着。山娃在学校里，用心学习着。他立志要快点长大，多读书，去外面的世界成家立业，把父母亲带出这穷山坳，离开这村庄。他把心里所想告诉了母亲。母亲说："你也别心野，咱这儿条件比商山那边好多了，只要你肯出力下苦就有收成，就饿不死，就能吃饱。"母亲的话，是想拴住山娃的心，让他要知道感恩。

山娃又爬上山梁，架到树杈上，望着远处的县城，久久地眺望着……

高中毕业后，山娃没能考上心仪的大学，最终，考上了一所中等农业学校。无奈，先跳出农门，吃上公家饭再说。

两年后，山娃就要从农校毕业了，市政府部门刚好要从学校选调几名优秀毕业生。经过笔试、面试，山娃入围了，而且成绩名列前茅。在考察环节，领导与每个人进行了谈话。

领导问山娃："想去哪儿工作？"

"到艰苦的地方去，到最需要人的地方去。"这是山娃的真心话。领导听后，真诚地表扬了山娃，说他是有为青年，要求大家向他学习。就这样，山娃又回到了故乡的镇上，进了镇政府工作，成了镇上的农林员。

花前月下，追了山娃两年的女同学张小浅，气得拉长了脸，嘴里骂着"永远的土包子"就与山娃断了来往。

在政府上班的山娃，每日里不是开会学习，下乡检查，就是植树造林，春耕生产，三夏大忙，秋收秋播，森林防火……忙得不亦乐乎。

　　山娃的同学和朋友见他这样都嘲笑他：山里的石头，爱着山里。他们认为，他上了几年学，应该到城里工作，咋又回山里来了，真没出息！

　　山娃一步一个脚印，从普通干部荣升镇长，几年后，又调到县政府工作，也变成了城里人。

　　21世纪初，在县政府机关工作的山娃退休后，又回到了故乡。只可惜此时，村里的许多住户都已迁走了，小村里冷清而寂寞。他上到山梁，下到沟畔，悠闲地到处游走着，心里充满了凄凉之感。

　　一个阳光明媚的早晨，村里来了几辆高级轿车。镇长带着一群人在山梁上架起测量仪器，对整个村子进行勘察设计，对村前村后进行测量。镇长请山娃给来客们介绍这里的情况，山娃如数家珍，给大家介绍了村子的前天和昨天……

　　"我就是这儿出生的，一草一木都了如指掌。"山娃的话说得有点沉重，也藏着淡淡的忧伤。

　　"大叔，你真幸福啊！出生在这山清水秀的地方，空气真新鲜。"一个绘图的姑娘真诚地感叹。

　　"姑娘，你老家是哪儿的？"山娃问。

　　"我老家是渭北平原的。我是在城里出生的。"姑娘说。

　　"我看你像一个人，眼睛、脸颊……"山娃仔细地注视着姑娘，"都像我年轻时的同学张小浅。"

　　"那是我妈妈。"姑娘惊讶地看着面前的大叔。

　　"她在市农业局工作？"山娃说着。

　　"是，是！"姑娘点头。

　　"代我向你妈妈问好！"

　　"我妈……我妈去年已经不在了。"泪水模糊了姑娘的双眼。

　　送走了那些勘察设计的人，山娃把自己关在屋子里，躺在土炕上，眼里满含泪水，不由地回忆起了当初……

菊花的婚事

过去，村上的学校，就是镇上邮局的一个网点。邮递员把报刊信件送到学校，教师优先阅读报刊后，让学生帮着把报刊和信件送给订户。我在小学任教，乡亲们每见了我，就问有没有他们家的信件。

这些日子，村上的健民叔来过学校多次，问我有没有他们家的信，我知道，他是在等女儿菊花的信。

健民叔的女儿菊花是秋天出走的。那天，镇上逢集，菊花给爹娘特意炒了两个菜，做了饭，还看着二老吃罢，就去镇上赶集了。

傍晚，夜色笼罩了小村，却还不见菊花的影子，家里人就慌了，小村也就乱了。人们在到处寻找着菊花。

几天里，乡亲们把附近的村庄、水库、沟壑，以及县城的车站等地，都寻遍了，也没有找见菊花。

菊花到底去了哪里？一时间，悲哀和恐惧的气氛弥漫在小村里，菊花的爹娘更是悲痛欲绝。

在村里，有订娃娃亲的习俗。菊花就是十三岁那年订的亲，是他爹健民托媒人在原下给她找的婆家。因家里穷，菊花娘又是个病身子，住了几次医院，欠了不少债，健民叔就借机向男方家多要了些彩礼，还了一部分债务。日子总算往前艰难地推着。

今年菊花就满十八岁了，男方家上门催了几次，坚决要求结婚。菊花不同意，她的理由是要伺候爹娘，弟弟年龄还小，乞求男方家再等她两年。男方家怕夜长梦多，态度坚决，说结了他们就心安了。没办法，健民叔只好答应。菊花点了点头，委屈地哭了。

菊花就要出嫁了，乡亲们都为她惋惜。订婚几年了，那男娃来了家里几次，人们发现他似乎有点憨。唉！都怨家里贫，图了人家的彩礼。订了婚，收了礼，也就没办法了。健民叔请了木匠，在家给菊花做嫁妆、打柜子。

菊花，你去了哪儿啊？这可给男方家咋交代嘛！人们苦苦地寻找，终未能找到菊花。两个月后，等不到菊花音信的男方家派人寻上门恐吓、谩骂，不停地折磨菊花的爹娘。老两口哭哭啼啼，过着提心吊胆的日子。

"有信没？"冬天的夜晚，健民叔又来到学校，胆怯地问我。"没有。"我肯定地说。

他坐在火炉旁，把头埋在两腿间，久久都没抬起来。

女儿出走后，健民叔苍老了许多。他惊恐不安地向门外看着，唯恐有人进来。我知道，男方家人变着法子无理混闹，把老人折磨怕了。

送走健民叔，我想，怎么能帮帮他呢？菊花那天真烂漫的样子又出现在我的眼前，夜已深了，我久久不能入眠……

一周后，我把健民叔叫到我办公室，从抽屉里取出一封皱巴巴的信封交给他，信封上没有寄信人地址，我就让他看了信的内容：

爹娘：女儿对不起你们。我已到了南方，一切都很好，你们别操心。我会尽快把他们家的礼钱准备好，给他们全退了。请你们原谅我。

"你就相信菊花吧，她会处理好的。"我安慰他说，"一切艰难都是暂时的，后面的日子会好的。"

"一个女娃家，没出过远门，在外怪可怜的。"健民叔泪水涟涟地说。

"上次叔借你那点钱，我把猪娃卖了，给！你拿上吧！"他从衣兜里掏出钱要还给我。当时，老人向我借钱，是为了找寻菊花。我让他把钱装起来，哪儿紧张先哪儿用。

我给他添了点茶水，继续安慰道："叔，你和婶保重身体，相信菊花，她是个有主见的娃。"

我目送着他出了门，直到那佝偻的身子消失在漆黑的夜色中。

村里的婶子们靠在南墙上，边做着针线活儿，边议论着菊花的事，指责健民叔把娃没有指教好，丢人现眼地做出毁婚的丑事。菊花的娘和爹，躲在屋里连门都不敢出。

两年后，秋风吹来，黄澄澄的野菊花，开遍了山梁溪畔、田间地头……

菊花突然回到了小村里，一家一家地拜访着乡亲们，感谢他们为他家操心帮忙。

健民叔两口子换上了过年的新衣服，站在场院里，笑盈盈的。

菊花的身后，跟着一个南方的小老板，他们的脸上笑成了花。

暖阳里，村里的婶子们又靠在南墙下，边做着针线活儿，边夸赞着菊花有主见，又有本事。

健民叔拉住我的手说，他问菊花了，菊花说她从来没给家里写过信。

他似乎这才明白了什么，再三对我表示感谢。

姐妹的命运

　　小红和小丽是亲姐妹，小红大小丽两岁。小时候，姐妹俩一起在村学校上学。父亲在百公里外的煤矿上班，是普通的煤矿工人；母亲在家伺候公婆，忙家务，并下地挣工分，照管着一家老小。

　　小红上三年级，小丽上一年级。在学校里，姐姐总是护着妹妹，帮助她认字，辅导她写作业，姐妹俩快乐地上学、放学，又一起玩儿。

　　土地分到户后，他们家分到了十多亩地，山区耕种条件差，都要靠人力来做。母亲身体单薄，干活累出了病。小红小学毕业后就不上学了，帮着母亲下地干活、养猪养羊。小红成了母亲里里外外的好帮手。

　　小丽上完小学升了初中，去到几十里外的镇上，住在学校里，一周回一次家；初中毕业后，父亲把她带到了自己工作的煤矿，托人给她办了城镇户口，她顺利地考上了矿上的技校。

　　男大当婚，女大当嫁。小红长成了大姑娘，村里牵线说媒的人，你来我往，把她家的门槛都能踢断。全家人经过反复地比较选择，确定了岭下的一户人家。那男人老诚本分，又能做木工活，手艺不错，待人热忱，平日里走村串户，靠给乡亲们做木匠活儿挣点钱；家里日子紧巴，但是平川平地的。一家人就图个地方好，小红也点头同意了，她坚信只要人善良勤劳，苦日子一定会到头的，不会一辈子穷下去。

　　小丽从技校毕业后被安排到煤矿工作。逢年过节，她都要赶回老家来看望母亲和姐姐。她每次回来，都要给姐姐带身合体的衣服，还帮着姐姐干地里的活儿。看着姐姐蜡黄的脸，牵着姐姐粗糙的手，她心里不是滋味。小丽知道，姐姐学习基础好，若坚持上学是会有出息的，都是为了这个家，姐姐才放弃上学，回家帮母亲干活的。

　　几年后，小红的儿子出生了。这给她家苦涩的日子增添了欢乐和生机。男人日复一日在外继续做着他的木匠活儿，小红在家里种地，照管孩子，整日里忙出忙进，苦和累都坚强地扛着。

　　小红的儿子上学了。白天，小红忙在田间地头，肩扛担挑，把庄稼活做得井井有条；晚上，她就陪着儿子做题算数、阅读写作。破败冷清的屋里从此有了欢声笑语。

　　在煤矿上班的小丽，也处上了对象，小伙子身材高大，浓眉大眼，大学本科学历，是矿上的技术员。他们牵手步入了婚姻的殿堂。一年后，小丽的女儿出生了，一家人无比欢快。

　　十年后，小红的儿子考上了市里的重点中学的宏志班。接到通知书后，小红兴奋地见人就说着孩子的学习成绩。学校开学时，小红赶到城里，在学校附近租了房子，购买了生活用具。她要尽自己的一切力量，供儿子念好书。三年后，小红的儿子高中毕业，考上了重点大学。

在煤矿上班的小丽，由于企业破产重组，夫妻俩都下岗了。丈夫有技术，应聘到了陕北的一家化工企业。小丽带着上初中的女儿，回到了县城。她买了房子，又找同学帮忙把女儿转到了附近的中学。可是一个月后，女儿却逃学离家出走了。

小丽垂头丧气，伤心不已，她知道，女儿的坏毛病又犯了。过去，在矿上时，她忙着上班，没能顾上管教孩子，女儿厌学逃课，交往了一些社会上的坏朋友，养成了一些恶习，在校外吃喝玩乐。

一周后，矿上的一位朋友把孩子送了回来。小丽又托同学将孩子转到了一所全封闭的学校。她千辛万苦，总算熬到女儿初中毕业，女儿却没能考上高中。小丽又想办法让她到职业技术学校上学。才四十出头的小丽已被女儿折磨得筋疲力尽，头顶白发，人也苍老憔悴了许多。

转眼间，姐姐小红的儿子大学毕业进了国企工作，还提了干，年薪几十万。他给父母在城里买了一套大房子，把小红两口子接到了城里。小红在超市找了份工作，再也不用拼死拼活地下地干活了。

小丽的女儿技校毕业后，贪图享乐，又怕受单位的纪律约束，不想去上班。她追求时尚，和几个朋友合伙开了一家美容院，可营业不到半年就倒闭了，赔得一塌糊涂。小丽为了帮女儿还账，把房子抵押给银行贷了款。

作为小丽的同学，我感慨之余，每当小丽生活中遇到难处了，都会像她姐姐小红一样，有求必应，不厌其烦地帮她。

乡里情

　　他是驻我们村的下派干部，住在我家后边的瓦房里，在村里轮流吃派饭。轮到我家时，我去叫他吃饭，母亲叮咛我见了他就叫"王伯"。在我家吃过几次饭后，王伯与我就熟悉了，有啥事了，就喊我给他跑腿。

　　在村里，王伯和村里的社员一样，行走在田垄之上，扶犁躬耕，种瓜点豆，收种碾打，样样活都干。

　　每次，王伯从县城来，都会给我带一本书，让我阅读，使我知晓了外面世界的精彩。母亲每做好吃的了，我都要给王伯送去，让他尝尝。

　　那年冬天，王伯还送我一件六成新的棉大袄，是带毛毛领的那种。他说是他儿子穿过的，儿子当兵了，就送给我穿。当着王伯的面我赶紧试穿，有点大，母亲却笑着说："合适！合适！"王伯走后，母亲就用红包袱把大袄包裹起来，放进了柜子里，说等我上了初中再穿。

　　两年后，上级要调王伯回城里上班。他离开村里的那天，我也跟着母亲和乡亲们把他送到了山梁下。大家都依依不舍，王伯眼含热泪，说了很多感激的话。他说喝惯了这里的山泉水，爱吃母亲烙的锅盔馍，还有村里慧婶的手擀面，说得为他送行的人们脸上都挂着泪花。

　　我终于盼到了上初中的时候。寒风刺骨的冬天，我穿着王伯送我的棉大袄，坐在教室里做作业，把手缩进袖筒里，就感觉暖暖的，我的字也写得端正而有力了。

　　那年春节前，母亲准备好了家里头场打的黄豆，晒干的核桃、花椒，还有攒下的鸡蛋等，让父亲用扁担挑着进城给王伯家送去。母亲说，城里人大鱼大肉吃多了，就稀罕咱农村的特产。天麻麻亮时，父亲肩挑着自家的特产走下山梁，到镇上乘客车去往县城。

　　夜幕降临时，父亲回到了家里。他满心欢喜地给全家人说王伯请他吃了碗牛肉煮馍，还是优质的。王伯升到政府的一个部门当了局长。他还问了我的学习情况。特别让我父亲感动的是，王伯坚决不让他挤客车，而是让朋友驾车把他送到了镇上。上下车时，王伯的朋友还亲自给他开关车门。

　　那年以后，每到春节前，母亲都要准备些黄豆、小米、核桃等，让父亲挑去县城，给王伯家送去。记得那年连着下了几场雪，道路不通，外婆又去世了，父亲忙得没能去成王伯家。过年时，母亲就总在念叨，说她过年心里空落落的，不踏实。春节后，母亲让父亲赶紧去给王伯家送去了特产和年馍。母亲说，王伯就爱吃咱家磨的面粉。

　　父亲过世后，去王伯家送东西的任务就落在了我的肩上。我去县城比父亲要容易，因为，我家有了一辆摩托车，去县城很方便。每年我去时，母亲总希望我能多带点特产，她说，你王伯家人多。她还说，别让你王伯说咱乡里人小气、舍不得。

有一次，走进县政府家属院，当我又敲开了王伯家的门时，年事已高的王伯，流着泪拉着我的手，长时间不愿放开。老人自责着，说他没有给我家帮上啥大忙，让我们还待在农村受苦。我说，现在农村一天比一天好，粮食年年有余，家里也盖起了小楼房。

"那就好！"王伯欣喜地说。他又幸福地回忆着他驻村时干过的一些事，问我他设计开挖的那条通村的路路况如何；他搞的人畜饮水工程能满足人们生活用水吗，等等。说起往事，他满脸的荣光。他问村里的张战宏、王福生、姜来喜……他们日子过得咋样，让我代他向他们问好。他还准备了礼物，让我带给他们。就连村里几个喜欢抽卷烟的老汉，他都记在心里，让我给他们每人带了一把上好的卷烟叶。

又是一年，我去王伯家，进得门，没有见到王伯，只有他儿子在家。他告诉我，王伯和婶去了南方女儿家。他儿子招呼我坐下，我们只交谈了几句，就再也不知道要说啥了，异常尴尬。我喝了几口茶水，胡乱地说了几句话，就起身告辞。王伯的儿子送我出门，他再三强调说，山高路远的，你以后就别来了。你去年送的那些东西，还都堆在阳台上呢。我脸上一阵燥热，就用力地笑着，以掩饰自己的紧张。他恳切地对我说，你有啥事了就打个电话，我尽力去办。

我笑着点了点头，就走出了高楼林立的小区。那天，北风呼呼地刮着，把城市的天空刮得灰蒙蒙的。

回到家里，我兴高采烈地告诉母亲，王伯和婶他们身体健康，去了南方女儿家。他儿子接待了我，对我客气又热情，临走时，还要给我带礼品，我坚决拒绝了。

母亲笑着说我做得对，一定不能让他们破费。

母亲又说，待明年咱那新品种核桃挂果了，摘下来，先给你王伯送去，让他尝尝鲜。

满堂的愿望

满堂是我家的邻居。他是个有理想、有抱负的年轻人，我把他当自己家人一样全力帮助着。过去，我家里穷，他父亲常帮助我。他父亲大我四岁，前几年病逝了。

我进城上班后，我们全家人就住进了城里。妻子打零工，儿女们在上学。

我家的八亩土地，我就让满堂耕种着。他计划用这些土地种点粮食，栽一些苹果树，既能打下粮食，又能有点经济收入。他再三问我一亩地要多少租金，我说："要啥租金呢。原上的坡地，打不下多少粮食，只要地不荒就行。再说，你把地种好，把日子过好，是我最大心愿。"村里人都羡慕我和邻居满堂相处得似一家人一样。

满堂有了这几亩地，对过好日子就有信心了。他干劲十足，春种秋收，整日忙在田间地头。

　　我平时在城里上班，忙着工作。偶尔，老家谁家有红白事了，我就赶回去行个礼，常常是来去匆匆。但每每见面，满堂都喜滋滋地跟我聊一些村里的事情：讲如何发家致富，谈庄稼的长势，说苹果的市场行情等。我们坐在一起，他穿着沾满了泥土的衣服，吸着廉价的香烟，但这丝毫不影响他对美好生活的向往和追求。县城里发生的事情，他比我都知道得多。比如县长是谁，我都不知道，可他知道；还说县长在电视上的就职讲话，他听了好几遍。他相信，几年后，我们这巴掌大的山村，要进行大开发、迎来大发展，日子会越来越好的。

　　逢年过节，满堂都给我家送来用自己种的麦子磨的面粉和自己种的绿色蔬菜。他还高兴地告诉我，粮食丰收了，不如人意的就是价格低了，他把粮食卖了几千元，给家里买了一辆农用三轮车；苹果的价格上涨了，他家里的果树长势旺，就是初挂果，产量上不去。他相信明年就到盛果期了，日子就更有盼头了，他家一定会有个好光景。我听了很高兴，不断地鼓励着他，给他加油鼓劲。

　　然而，五年过去了，满堂家的日子却起色不大，他人也苍老了许多。眼看着孩子们一年年长大，女儿已上了中学，儿子就要上小学了，日子进入了爬坡期。他常给我打电话说家里的困难，埋怨上级的好政策都让个别有权有势的人搞坏了。我就叮嘱他，有什么符合自己的好政策就给我说，我寻同学朋友找关系，尽力给他争取。几天后，他打来电话说，他询问了镇政府，目前没有适合他的政策。从他的语气里，我听得出他已默认了镇政府工作人员的答复。

　　又一年春天，满堂赶到县城来找我，说苹果市场行情不行，政府动员农户砍掉苹果树，改种花椒树。他说村里人都开始砍了，问我他咋办。我长时间都没敢开口，问他花椒市场行情咋样，他兴致很高，给我从对外出口到国内市场，宣讲了一番。我估计，这些都是参加培训班学到的。

我思考了很长时间，无奈地说："那就栽花椒树吧。"我让他把我家和他家的地全都栽上花椒树，快点挣钱，改变面貌。我语重心长地说："孩子们都长大了，上学要花费，不敢因为家里缺钱把孩子上学影响了。"

听了我的话，满堂就下了决心，回去很快挖掉苹果树，栽上了花椒树苗。生性乐观的他，已在心里开始计算花椒的收入了，两只手都在舞动着，仿佛有了数钱的感觉。

优质的树苗，加上化肥的投资，再加上用心管护以及包联干部的技术指导，花椒树长得很旺实，两年就有了花椒园的规模。满堂思谋着苦日子就要到尽头了，好日子离他家不远了，心里乐开了花。

秋风吹过，山塬上下花椒红了。可谁料因疫情影响，价格暴跌，花椒滞销了。满堂的十几亩花椒树上，红红的花椒挂满了枝头。成熟了的花椒，还必须及时采摘。要找劳力摘椒，就需要付工资，而他却不敢雇人，因为摘下的花椒所卖的钱都不够付工资。

满堂两口子只好自己采摘。他们早出晚归，在花椒园里忙碌着，没黑没明地劳累着。结果，患有高血压病的妻子晕倒了，被送往医院抢救、治疗了半个月，医药费就花了四五万元。无奈，满堂就动员在外务工的亲戚回家，帮他家采摘花椒。

我也和妻子赶回老家帮他。妻子埋怨我，当初就不该把地让满堂种，让他出门打工，或许比这好一点。

千说万说，谁也理不清农村、农业、农民应该咋样发展。总之，想发家致富、过上好日子，永远没有错。我在田野里闲转，发现行动快的人家，又挖了花椒树，栽上了核桃树，说这是最新品种，挂果早，收效快。

我回到场院里，邮递员给满堂的女儿送来了大学录取通知书。这意外的惊喜，让他们一家人无比快乐，然而女儿上大学的学费，又让满堂愁容满面……

麻雀

尚文从岗位上退下来，就在单位一栋闲置的大楼里找了个办公室，把他自己与外界隔离开来，静心读书，专心写作，过起了清静而充实的生活。

每天，尚文迎着早晨第一缕阳光，走出小区，在运动公园快步走几圈，然后，走过车水马龙的大街，穿过小街，绕过单位办公楼，走进这栋闲置的大楼里。碰到同事和朋友，他就亲热地打个招呼。

他在办公室里读名著、写散文，在没有人干扰的环境里，干着自己喜欢干的事情。累了，喝口茶水；烦了，点支香烟，抬头看看窗外的楼群和那逼仄的一线天空，或者在悠长的楼道里走一走，活动活动筋骨，心里无限地舒坦。

有时候，尚文把楼道的窗户打开几扇，让清新的空气汹涌进来，那随之吹进来的风使他惬意舒畅。一天又一天，日子就这样慢慢地滑过。

　　窗外，一群麻雀飞来飞去，偶尔，会有几只从打开的窗户飞进来，在楼道里飞舞。尚文全身心地投入写作时，并没有太在意它们。但在写作遇到瓶颈时，尚文就在这空旷的大楼里走来走去。麻雀叽叽喳喳的叫声，使他没有了寂寞，有时还会激活他的灵感。就这样，时间久了，他就喜欢上了这麻雀飞来飞去的情景。他偶尔会止住脚步，静静地观察这些有趣的小生灵……他就索性把阳台上的窗户统统打开，让更多的麻雀自由地飞进飞出。

　　坐在敞敞亮亮的房间里读书写作，聆听着雀儿们的歌唱，漫过尚文心头的，是一阵阵的快乐和自在。

　　在有麻雀陪伴的日子，尚文拿出已经泛黄的文稿，静下心来修改打磨，然后，敲打着键盘，把记忆变成飞扬的文字，再然后又整理成一本厚厚的集子。

　　每每灵感袭来，尚文就忘记了麻雀的存在，可麻雀们从未忽视过他。它们在他的窗前，喳喳喳地鸣叫着，似乎在为他加油鼓劲。尚文心情愉悦，每天都有新的收获：一篇又一篇的美文，在报刊上发表，还收到了不少读者的好评。为了回报那些为他制造灵感的麻雀们，尚文去菜市场买了些谷米，放在阳台上，让雀儿们尽情地享用。

　　从此以后，尚文发现有更多的麻雀在这儿飞来飞去，他觉得自己就是它们的"王"，心里荡漾着无限的欢喜。

　　春节过后，大楼里住进了一名外地干部。有一天，尚文在帮他们打扫房子时，惊讶地发现房间里竟然有几只死麻雀。他用手捡起已经干枯的麻雀尸体，泪水夺眶而出。他久久地站在那儿，努力想着是什么造成了这几只麻雀的死亡。

他想，麻雀们应该是从破损的玻璃窗撞进来的。当它们飞进来后，才发现这里既没有花草也没有食物，不是它们能待的地方，于是就想往外飞。而它们找不到出口，更辨别不清哪里是它们进来时的洞口，于是，开始盲撞。在使劲地向着有光的地方冲的时候，不幸撞击在透明的玻璃上，跌落在地板上；再冲，一次又一次，结果失败了。当然，也许有幸运的，恰好就从窗户上的破洞飞走了。而那些误打误撞的麻雀就发生了不幸。

尚文蹲下身子，观察着，思考着。在那几只麻雀尸体的旁边，有一大片的鸟粪。看来，麻雀们在死亡之前，已在此停留了不短时间。在这段时间里，麻雀们经历了何等的痛苦和挣扎，他想着……

"不就是几个麻雀嘛，死了就死了。"新来的干部小王说。

"不，这死亡与我有关。"尚文对小王说。小王惊讶地看向他。

"是我的错。假如我不开阳台的窗户，麻雀们就不会飞进来；假如我不给阳台上放谷米，就不会有更多的麻雀飞进来，它们也就不会死。"他自责地说着。

"啊？"小王感叹了一声，再次表示不解。

此后，很长时间，尚文脑海里都是那几只麻雀的事儿。于是，他每天把阳台窗户都打开，把空着的办公室的门窗也统统打开，让雀儿来去自由，无遮无挡。但他又觉得这样做似乎不妥，就又把所有门窗都关上，不让雀儿们飞进来。他希望它们在户外尽情地欢乐。他坐在陋室里，寂寞着自己的寂寞。就这样，那些门窗开了，关了；又开了，又关上，他一直在纠结中重复着开和关的动作。

　　在痛苦与寂寞中，尚文再次开始了他的写作。但他总是调动不起灵感，写着写着就撕掉了。

　　假日里，住在隔壁的干部小王盛情邀请尚文去户外爬山，但他拒绝了。

　　尚文独自坐在办公室里，窗户上一群麻雀叽叽喳喳地叫着。看着它们快乐的样子，他的心情愉悦起来……

　　时值冬去春来、阳光明媚之际，尚文走出办公室，拿起手机拨通了几个老朋友的电话，他要约他们一起吃个饭，再去户外转一转……

小镇的名人

那年，我高中毕业，到镇企业办上班，就是个临时工。

巴掌大的小镇上，没有什么自然资源，镇政府响应上级的号召，办了个木器加工厂和蜂窝煤加工厂。这两个企业归镇企业办管理，赵民主担任企业办主任，我是他的干事。企业由老板自主经营，企业办只负责填写报表，我们主要的工作是政府对企业监管的各项工作。

在这方圆几十里，大家都说赵民主主任是名人。他在镇上的农中毕业后，在村上当过生产队长、民兵连长，后又在乡上当过电影放映员。村上、镇上的大小领导都和他熟悉。他能说会道，周全各方面的关系都恰到好处。

赵主任在镇政府大院里常常晚睡早起，给领导打水、跑腿，头脑活，知道领导想啥，脚下明白向那儿走；谁管他，他敬谁，不管他的，他也相处得不错。同事之间，大事小事，他都热心帮忙，跑前跑后，忙里忙外。机关里的难事，都非他莫属，几乎没有他解决不了的问题，也没有他干不成的事。

赵主任执行力强，连对他有点看法的人，都得承认。因为，领导们遇到难事，都会安排他去完成，因为除了他，在政府机关再找不到第二个合适的人。

"能行人，是不行人的奴才。"这是政府院里老耿说的话。他就看不惯赵主任的做法。他说工作各人有分工，各负其责，把自己工作干好就行了。拿多少钱，干多少事，没有必要那么辛苦，凭自己能力吃饭，不看别人眉高眼低。其实，也能听得出来，老耿是同情赵主任，整日忙忙碌碌的，让人看着心疼。也有人说，在政府大院里，赵主任是最辛苦的人，也是最可爱的人。

赵主任以单位为家，一心为公。他心灵手巧，见啥会啥，学啥精啥。政府院子的一堵墙塌了，领导说经费紧张，维修有困难。赵主任就自告奋勇，说自己过去干过瓦工，于是，借来工具，自己动手，让我给他打下手，把墙垒了起来。办公桌椅坏了，也都是他一一维修。木活，泥活，没有他不会干的。领导就大会小会表扬他，号召干部们向他学习。干部们说他是逞能，是在给领导表现哩。老耿又说了，临干就是可怜，目的就是为早日转正创造条件。

秋收后的一天，赵主任村里来人叫他回家，说他父亲病重。老人患胃癌一年多了，我曾去过他家里，给老人送过几次药。来的人说，这次老人病情加重，估计是扛不过去了。

那天，镇政府正在筹备召开集镇卫生整治现场会，时间紧，任务重。赵主任正带着我在集镇上检查，督促工作进度。听说老人病危，我就让他把工作落实给村干部。然后，我骑摩托车带上他往家里赶。他坐在我身后的车座上，还给我不停地唠叨着工作。他是担心这次检查出现啥问题，影响镇上的年度考核。

到了他家，我们推开虚掩的院门，门框差点倒下来。秋天的连阴雨，使得破烂的院墙，几近倒塌。他说，一直计划着维修，就是忙不过来。来到老人的炕前，看着奄奄一息的父亲，他手忙脚乱，不知道该干啥。村里的赤脚医生，正在给老人挂着吊瓶，老人的脸已扭曲变形，痛苦地呻吟着。

半月后，辛苦了一生的老人，闭合了双眼。老人的尸体停放在木板上，棺木、寿衣还都没有着落，老人就不能及时入殓。我和赵主任本家几个兄长忙前忙后，上街采买了整个丧葬用品。老人的丧事一切从简，办得没有个讲究，村里帮忙的人都一声叹息。

一周后，赵主任又出现在政府院子里。他在院子里迎来送往，穿梭在各领导之间，联系安排着各项工作，打扫着院子里的卫生，忙碌在永远纠缠着他。

后来，我参加了事业单位组织的公开招考，准备离开故乡的小镇。去外地工作前的那天晚上，我请赵主任在街上的饭馆喝酒，给他说了很多我想说的话，劝他多为自己想一想，别太劳累了。

四年后，我在镇上的医院门口遇见了赵主任，他拄着双拐，走路都很艰难，镇政府的老耿搀扶着他。听老耿说，赵主任是去年冬季突发脑出血做了开颅手术，还正在恢复期。镇上还号召全体干部为他捐了款。

赵主任僵硬的胳膊伸向我，我赶忙握住他的手。泪水早已盈满了他的眼眶，他嘴唇不停地颤动着，仿佛有千言万语要对我说……

往事如风

闲置了多年的市化工厂就要开发了。赶来捡拾废品的人们，被工作人员挡在警戒线外，他们专注地盯着可捡的物品。

负责拆迁工作的我，在现场目睹着建筑物被推倒升起的浓浓灰尘，往事涌上心头。

那年，我在乡里的学校任民办教师，工资也就五六十块钱，还不能及时发到手里。家里日子过得艰难，欠下了上千元的债务。暑假，干完地里的活儿，我就想着出去为家里挣些钱。这时，表哥给我说，有个姨夫在化工厂上班，能弄到出厂价的化肥。

表哥的姨夫也是我的姨夫，我俩想求他开几吨低价化肥，运回村里出售，中间赚一些差价。我特别兴奋，就向同事借了钱作为本金，准备去贩卖化肥。我们步行十多公里山路到街镇上乘客车赶到了县城，在夜幕降临时走进市化工厂的家属院，敲开了姨家的门。姨夫还没有回家，姨接待了我们。姨平时在农村的家里种着几亩地，农活少了的时候，就来城里住一段时间。我们见面，自然亲切，她给我俩倒了茶水，又洗了水果。她叮咛我们说，城里的东西都贵，出了门省着花钱。姨夫下班后，在外边还有应酬，我俩就在他家等。听姨说，他们还在街心花园开了个小商店。我们就特别羡慕他们。

晚上十一点，姨夫终于回来了。他身材魁梧，浓眉大眼，乌黑的眼珠，像算盘珠儿似的滴溜溜转着。他显得特别疲惫，姨一边给他泡着茶水，顺便就把我们要找他办的事说了。他爽快地答应了。但听了我们要的数量后，就说数量有点少，嫌我俩不大气。我们也只能笑笑。然后，表哥拿出早已准备好的钱交给他。他说，最近几天他帮别人开出去了不少吨化肥，领导给他的指标已经用完了，让我们回去耐心等着。于是，我们就千恩万谢地离开了姨家。姨把我们送到楼下，建议我们住到附近的小招待所，说住那儿便宜、实惠，离她家也近，她还可以给我俩做饭吃。姨的话，让我俩万分感动。

我和表哥走出家属院，感觉轻松愉悦，没有一丝倦意。心想着如果真能弄几吨化肥运进村庄，那该是多么风光的事。表哥比我更兴奋，他说，煎熬了一天，现在才感觉肚子饿了。他说，走，咱哥俩到夜市上喝两杯，庆祝庆祝。

我们就住在化工厂附近的招待所里，只等着姨夫让我们去提货。姨到招待所来过几次，要我们别乱花钱，到她家去吃饭。我们就想着，要是这次贩化肥挣了钱，一定要重重地感谢姨。她人太好了，家乡妇女的优良品德，都在她身上体现了。

好事多磨，我们坚信这句话。在招待所里住了两天，第三天我就待不住了，独自上街转悠。我如今二十多岁了，出门最远的地方也就是县城。但每次都是来去匆匆，这次我要用心转转。我计划着等把钱挣到手，也去国贸大楼买一身和城里人一样的衣服。

当转到街心花园一栋大楼下面的小商店时，隔着玻璃门，我看见商店里面坐着一男一女，那女的年轻漂亮，穿着时髦，正在斟茶，那男的戴着一副墨镜，有滋有味地品着那女的递上的茶。仔细一看，我吓了一跳，就匆忙闪开了，那男人竟是姨夫。我快步回到了招待所。晚上，睡在床上，做了奇奇怪怪的梦。

一周时间过去了，还没有等到提货的消息，我俩就又去了姨家，却没见到姨夫。姨说，他去外地出差了，让我们别死等了。她说在城里住，每天都要花费。我就留下表哥等着，自己先回了家。几天后，表哥也回家了，说他见到了姨夫，他向他保证，最近把化肥提出来后，亲自雇车给我们送过来。

我俩就在家耐心地等着，下地干活都没心思，就盼望着姨夫雇车把化肥送来，并想象着乡亲们争先恐后购买化肥的场景。一天又一天过去了，等着买我们化肥的乡亲们，都在暗地里说我俩靠不住，吹牛皮，并偷偷地高价从镇上排队买回了化肥。我看见了，也没有勇气去阻止他们。

秋种秋收开始了，我给表哥拿了五十元钱，让他去县城再催促姨夫，尽快把化肥拉回来。两天后，表哥回来了。他说没有见到姨夫，姨说他去外省出差了。无奈，又过了几天，我再去县城，到姨家没有见上人，我就去街心花园那个小商店，只见大门紧锁。我找了在政府上班的一个同学，让帮忙打问。同学托人找到化肥厂销售科科长一问，才知三个月前姨夫就被化肥厂停职了。原因是他在外销售化肥，还挪用了货款。那天，我也不知道自己是咋样回到家的。

再后来，我和表哥去县城找姨夫，也都没能见着，只是姨再三给我们道歉，还给我们退了一部分化肥款，她还让儿子给我们写了欠条，答应随后一定如数还上。后来，我们听说姨和他离婚了，我们就把姨写的欠条撕掉了。

一声巨响，化工厂最后一栋楼房倒下了。这时，已是夜幕降临时分，天空刮起了大风。那些捡废品的人们忙着捡拾各种各样的废品。一个佝偻着腰的老人，为了捡一块塑料板，滑倒了，我忙扶起他。可他那似算盘珠儿的眼珠，滴溜得让我心一跳。我伸过手，极力把那块塑料板给他拽住。在风中，他看着我，我看着他。

我肯定他不一定能认得出我，但我认出了他。

乡恋

村里的花儿

乡
恋

　　小村藏在山坳里，从里到外都长满了树，绿荫覆盖着屋脊连屋脊的院落。村里住着百十户人家，和谐，恬静，安逸，似一幅优美的水墨画。

　　在春风里，王福堂正在地里忙活着。翻地、施肥、种洋芋、点玉米，他鼓足了劲，要种出一片新绿和丰收。搬迁，搬迁，他管不了。土地是他的根，他要把种地进行到底。

　　小村啥时迁，他不知道。但他，不动心、不走神，依然用心种着他的地。

　　邻居栓劳的女儿搬进了山下的小区。冬天，栓劳去女儿家过了个冬，回到村里就不种地了，还给村里人说地是拖累。他五十三四的年纪，就混在老年人的队伍里，端着茶水杯，靠着南墙，晒着暖阳。地里杂草都长得几尺高了，他就等着政府来救济；家里的房子塌了，他就等着搬迁。他像个大喇叭，宣传着山下新小区的免费暖气，说政府还给每户送米、面、油……

福堂听着栓劳的话就觉得别扭。他脚踩在松软的土地上，干着活儿就觉得稳稳当当，心里也踏实。

福堂是土命，他爱土地、恋土地，离不开土地。他这一生的悲喜，都与土地息息相关。他一生中最快乐的事，就是坐在自家地头看着旺势的庄稼成熟。每当此时，他心里的激动好似风吹麦浪，一浪高过一浪。

村庄里的住户，大都是 20 世纪四五十年代从秦岭南坡逃荒而来的。福堂家也是，他父母带着他们兄妹落脚到秦岭北麓的山里，图的就是这儿土地宽肯长庄稼，只要能下苦，就能有饭吃。为糊口，为生存，他的父母日出而作，日落而息，开荒种地，挣死挣活地努力，总算在小村里稳住了脚，还拆了茅草棚，建起了自家的瓦屋。多年后，他们的儿女也都成了家，有了自己的土地。

父母过世后，就埋在了他们亲手平整的梯田里。他们在黄土之下，注视着自己的后代们，在这片土地上繁衍生息。

后来，分地到户，责任承包，福堂当上了村主任。他带领着村民，抓产业调整，发展林果生产，养牛养羊；筑堤护地，修路架桥，使得小村一年一个样。

福堂拆了父亲盖的瓦房，建起了楼房，村里人人羡慕、个个夸赞。儿子听话，整日奔波在田间地头；女儿聪明，学习用功，考上了大学，工作在县城。幸福的生活，让他很知足。

世事变迁，日子流淌，一切都变得让人猝不及防，福堂老汉伤感郁闷。这人都要走了，村庄也要散了，想着往昔，看着眼下，他就泪眼婆婆。

小满过后，轻风吹起，麦田泛起金浪。外出务工的村民，匆匆往回赶。

住在山下安置小区的农户也回来了，他们收拾农具，铲着场院的杂草……

夏收开始，迁走的住户们带上吃食，或和邻里搭伙开始收割麦子。福堂总看着他们像外来客，慢慢地人与土地、与村庄就陌生了，做庄稼也不用心了。

麦收时，那些年轻人连地畔都寻不见了。这个时候，他们就请福堂出面，帮他们确认。

"娃啊！地和人一样，你不把它当回事，就生分了！"福堂动情地说道，"过去，你爷和他爷为了这地畔子，打得头破血流、寸土不让。"

一阵尴尬的笑声后，年轻的后生们就弯下腰开始各收各家的麦子。

又是一年腊月八，村庄里没有丁点的节日气氛。空虚荒凉弥漫了整个村庄，冬日的阳光抻拉着寂寂的村巷。留守的老人，面向暖阳，背靠南墙，回忆着小村过去的红火，叹息着未来，几只狗懒懒地打着盹儿。

村巷里偶有一辆小车或摩托车穿过，停到谁家院门前，就有人前去观看。在外面务工的娃，送点年货，或者把老人扶上车，接到安置小区或城里去过年。

福堂看见了，想拦住他们。他想城里有啥好的，带上娃儿回村里来，回家过年，那多好啊！但他欲说又止，人各有各的想法，强求不得。

"唉！"他长长地叹着气，无奈地眯上了双眼。

"福哥，别晒了，咱们搬去安置小区吧！"栓劳冲着福堂喊。

"走你的！"福堂头都没抬，说了句气话。

"领导明天来看望搬迁户哩！"栓劳笑嘻嘻地走到福堂跟前，嘴贴在耳朵边说，"给每户都发春节的慰问品哩！快走吧！"

"我没你那个福分，享受不起！"福堂冲栓劳笑了笑，说，"你快去吧！"

福堂态度坚决，栓劳没敢多说，就悻悻地离开了。

搬迁是大势所趋，是党的惠民政策，福堂不会拖后腿。但他要坚持把地种到最后，他不愿看到村里的土地在他的面前荒芜。那样，他是不能安心的。

夕阳里，王福堂在村里转悠着，发现被遗弃了的旧物件，他都一一拾起来。他嘴里一遍遍念叨着："咋说弃就弃了、弃了！"

村里的花儿

小村里，桂花、菊花、棉花、杏花、桃花她们五个名字带"花"的女人，因年轻时朴实大方、泼辣勇敢，被称为村里的"五朵花"。

岁月流淌，人生蹉跎。当年的花儿，如今已年过花甲。棉花苦命，已过世多年，曾经的"五朵花"成了"四朵花"。

桂花是"四朵花"里的老大。她儿子在城里上班，有了新房子，要接桂花到城里住，可她不肯离家。儿子好说歹说，还请来菊花婶给她做工作。其实，桂花心里惦记着菊花，想着桃花随儿子去了南方，杏花也到省城管外孙去了，如果她再离开了，菊花在村里孤孤单单一个人，心里就纠结。

经不住菊花劝，桂花终于难分难舍地走出了小村，住进了儿子在城里的小区。平日，儿子儿媳上班，她一个人出出进进，常常是手里拎着个拖把，把地面拖了一次又一次。

住了一段时间后，儿子发现她总是一种姿势，坐在阳台上发呆，人变得木讷，而且腰酸腿疼。这可把儿子吓坏了，带她去医院一检查，一切正常，才放了心。

一日，儿子给她买了手机、开通了微信。中秋节回家，儿子又给菊花婶买了和她一样的手机，还帮她联系上了桃花、杏花。儿子给她们老姐妹们建了个微信群，起名：村里的花儿。

于是，姐妹们每天一起床，就在群里相互问候，用语音或视频聊天。可以随时知道妹妹们的情况，大姐桂花腿也不疼了，腰也不酸了，话也多了，见人说东说西的，快乐在她脸上荡漾。

就这样，姐妹们每天视频聊天，成了亲情约定。老姐妹们互相呼唤着，远隔千里，也听得真真的、看得清清的，说心情，说孙子，说乡村，乐呵呵的。她们好似又回到了从前在门前的场院里叽叽喳喳说笑的年月。那欢笑声能把山村吵醒、把寂寞摇散。

又是一年霜降时。这天早晨，桂花给菊花打视频电话，试了几次都没有反应，就打语音电话，还是无法接通，她持续打，仍是无法接通……

无奈，桂花给儿子打电话，要他想办法联系菊花婶。儿子能联系的都是村里的年轻人，他们大多都外出打工了，有的答应想办法联系，他们只能等着。在电话里，儿子安慰母亲，让她别急。

过了半小时，桂花又打电话问儿子情况，儿子听着母亲的哭腔，心急如焚，就放下工作急忙赶回家。

菊花婶她怎么了？他满脑子都在想着会不会出意外。

菊花婶是他家的邻居，她丈夫是村上的支书。在过去，他家日子红火，叔忙村里的公事，婶操持家务，一里一外，并然有序。桂花和菊花，非常要好，在村里几乎形影不离。在困难时期，菊花常一斗玉米、一尺鞋面地接济桂花家，两家人成了患难之交。

前几年，叔过世了，菊花婶的日子一下子变得孤苦不堪。女儿大学毕业后在外地工作，儿子憨厚，常年在外打工。菊花婶在家既要照管孙子，还要干地里的活儿。

她是病了，还是遭遇了什么意外？他不敢想。在村里，偶尔会有老人独自在家，因睡到三更半夜犯病，长时间没被发现，而死在家里的情况，还有老人因使用电器不当而引发火灾，把自己活活烧死……

越想越怕，越怕越想，一种不祥的预感笼罩在心头。

儿子回到家里，只见母亲坐在阳台泪流满面，呆呆地望着南山，身子颤抖着。他知道，唯一能安慰母亲的是尽快有菊花婶的消息。儿子决定驾车回趟老家，带母亲去看个究竟。

正要出门时，手机铃声响了，是母亲的手机。母亲情急之下把手机落在茶几上了。儿子返回身来拿起手机，噢，正是菊花婶打来的，他忙递给母亲。

"哎呀！菊，你咋啦，把人都快急死了！"桂花急切地问着。

昨天，村里来了个小贩，收购花椒。菊花在装花椒时不小心把手机也装了进去。她发现不见了手机，一夜都没睡觉，把能想到的地方都找了也没找到。清晨起来，坐在场院，哭成了泪人儿。

还好小贩是镇上的熟人，第二天在倒卖花椒时，才发现了菊花的手机。他又专程到村里来把手机送到了菊花的手上。

"没事，只要你人平安着，就好！"桂花安慰着电话那头的菊花，"没事！你真弄丢了，我让三儿给你再买个新的送回去，只要你好着，我就不回来了，改天回去看你。你快给桃儿、杏儿视个频，她们大老远的都等不及了。"

桂花嘴里的三儿，此刻正站在他母亲桂花的身边，看着他慈爱的母亲，听着她菊儿、桃儿、杏儿地叫着，仿佛又回到了那开满山花的小村，望见了蓝天、白云，还有袅袅的炊烟……

计

划

吃不穷，穿不穷，计划不到一世穷。

——谚语

　　杨阳是县委机关的一名干部。清晨，他告别小城的喧嚣，驾车来到了这秀岭上他包联的小村。空旷的村道，几个上了年纪的老人坐在浓密的树荫下，茫然地看着过往的行人。

　　杨阳进了一户院门，院子里晾晒着金黄的新麦。他放下手提礼品袋，从包里取出给大婶买的药品，仔细交代了药的服用方法，便坐在婶的旁边，拉起了家常。婶是中风后遗症患者，需长期服药；叔叫王福，出去给村主任家帮工了。王叔人缘好，总是义务帮村院里的人干这干那。

　　杨阳上次来，王叔给村里的寡妇秀的玉米地施肥去了。空落落的院内就大婶一个人正在生着闷气。见此情景，杨阳边给婶子说着宽心话，边拿起木筢子把院子里晒的麦子翻搅了一遍，然后又像主人一样屋里屋外地收拾了柴火、农具，乱七八糟的小院立刻整洁了。最后他坐下来取出手提包里的资料，开始按照上级部门的要求进行逐项核准，填写完善。

手机响了，是母亲打来的。他家在渭北塬上，母亲患有心脏病。他几个月都没回家了，母亲可能想他了。杨阳放下手中的表册，安慰母亲说，扶贫是大事情，他暂时离不开，等能走开他一定回家。挂断母亲的电话，他又拨通了住在邻村的姐姐的电话，要她过去陪陪母亲，接着，他给姐姐发去了二百元红包，让她给父母买点补品。通完话，他的眼泪夺眶而出，但他又很快地调整了过来，继续拿起户主的各种证件，认真查看起来。

王福家的户口本上有四口人：户主王福、妻子、儿子、孙女。他家承包土地五亩五分，其中，栽花椒三亩，二亩五分耕种，收了麦子种玉米，收了玉米种麦子。儿子三十三岁，长年在外打工，按说都不应该属贫困户。儿子前几年打工时，领回了个山西女娃，结婚一年后，生了个女孩。可媳妇受不了他家的穷日子，常和他儿子吵架，最后干脆扔下孩子就走了。婶受不了刺激，血压升高，中了风，虽命保住了，却落下了残疾，还欠下了几万元的债务。不争气的儿子浪荡的秉性不改，长年在外打工站不稳脚，连自己的女儿也不养，而且挣得少花得多。这个家就彻底垮了，日子举步维艰，债务只增不减。王福叔对日子懒得去想，只是常给邻里帮忙，很少在家，婶只能拄着拐杖，自己做饭，照管孙女。日复一日，年复一年，家境无任何起色，看着这光景，确实恓惶。

用什么方式帮他们脱贫呢？这让杨阳为难了。三亩花椒，栽到地里两年了，长得还没有草旺。春暖花开时，杨阳从单位找了几个同事，帮忙把草除完，才显露出了树苗。可要有收益，还得再过两年，耕种的小麦和玉米，也仅仅是够吃，余不了多少，卖不了几个钱。杨阳看着自己写的帮扶计划，久久地发呆。

突然，天色暗了下来，一大片乌云向西北方向涌动着。杨阳放下手里的表册，把麦子又翻搅了一遍后，站在院门口察看着天气。天空的乌云遮挡了阳光，眼看着风雨欲来。杨阳赶忙收拾袋子，准备收起晾晒的麦子，婶让杨阳给老汉王福打电话，让他赶紧回来收粮，那可是一家人全年的口粮啊。可电话是忙音，再打，仍没打通。

"别怕，没事的，有我在。"杨阳边安慰着婶，边赶忙收拾起了麦子。

震耳欲聋的滚雷声过后，大雨倾盆而下。晒在场院的麦子已经全搬进了屋里。小孙女听到雷声，胆怯地依偎在奶奶的怀里。婶自言自语地骂道："唉，啥男人嘛，一个一个都不顾家。"

雷雨急急而来，又匆匆而去。雨后，王福这才像落汤鸡一样从外面回到家。大婶边骂着，边拄着拐给他寻可换的衣服，让他换上，王叔只是一脸傻笑。

杨阳心想，这下好了，可以认真与王叔谈谈脱贫计划了。谁知一说起家里的日子，王福总是故意岔开话题。

"这些年，村主任对俺家好，低保、照顾品，都没少给；今生就是给他家做牛做马，也还不了这人情。所以，给他家干啥，我都无怨无悔。"王福动情地说，"前年，你婶大病需要住院治疗，村主任亲自开车把你婶送到了医院。"

"那是应该的！"杨阳插了句话。

王福摆了一下手，神秘地说："胡说，世上的事，啥是应该啥是不应该的。不应该的太多了，邻居老刘常和村主任吵架，给人家提意见，他给儿子申报的庄基地，几年都没落到实处。唉，人要知恩图报啊！"

"叔，那咱们家这个计划我列出来了，咱们好好商量一下，看下一步能不能就按这个计划去落实！"

"嘿，咱家这日子，好着哩！"王福轻松地说，"你就别操心了，叔全力配合你工作，若上级来检查，你叫咋说我就咋说，保证都没问题！叔没当过干部，却常在干部家里帮工，知道点门道，别怕，一定不让你为难，而且把扶贫工作搞好。"

"福哥——俺的麦子淋雨了，赶紧帮我抬出去晾晾啊！"院门外传来了一个女人的声音。

"来了来了——"王福放下水杯，转身对杨阳说，"你就早点回去吧。咱家的计划，你就看着写，咱就那穷的命。"说罢，他的身影就在门外消失了。

杨阳怀着复杂的心情走出这破败的院落。雨后的村道，清香的泥土味扑面而来。他来到田野，收过新麦的麦茬地里，农人赶种下的玉米、黄豆，已冒出了新绿。未种的地里，麦茬依然锋芒毕露，杂草疯长。

这是王福家的地，他还没计划好种啥呢。

小满的坚守

村里的小满和我同岁，因是小满节气那天出生，他爹就给他起名小满。上小学时我俩是同班。小学毕业后，我上了中学，小满却辍学回家了。

我每放学回家，在村里都能见到小满。他跟着他爹在村里给人帮工。分田到户后，村里人都拥有了自家的土地，都在精耕细作，想办法多产粮食，增加经济收入。劳力弱的家庭，主要靠亲戚和村里人帮工。而有心眼儿的人家，发家致富心切，嫌土地分得少，就想办法多承包生产队里的土地耕种。

邻居喜旺伯家分得了十亩地，又承包了生产队里八亩坡地。地种多了，活儿就密，他家就常在村里找帮工，而帮他家干活最多的就是小满父子。

村里人你帮我，我帮你，各家根据自己的情况安排地里的活儿，所以在村里相互帮工没有等量交换，从不讲条件，也不要工钱，都是有求必应，有叫必到。喜旺伯常夸赞小满爹，干活尽心，能寻着活儿。农活讲究时令，而小满爹宁把自己地里的活误了，都不愿误了别人家的活。小满娘是个哑巴，家务活干不了，家常饭做不好，小满爹心疼儿子，出门干活时，就带着小满。主家把饭菜端上桌了，爹先顾不上吃，急着就喊小满快来吃。

学校放假，我回到家也去帮喜旺伯家干活。比如，给地里干活的人们送烟送水，我干一些轻活儿，这时，我就总能见到小满。小满和大人们一样干活，扶犁耕地。大人们都在夸赞他，说他将来是村里干活的一把好手。

那年收麦子，小满帮喜旺伯家用架子车从坡下地里往场院上拉麦子。他驾着车辕，我牵着拉车的牛。我试着装了一次车，拉了一段路，车子就翻到了水沟里。小满就笑我，说念书把我念傻了，让我看他怎样装车。他果真行，装的麦捆子又多，车子还不会翻，我真佩服他。我只好老老实实地牵着黄牛，让他扶着车辕，他那架势好威武。在帮喜旺伯家干活的几天里，我俩聊了好多。他听我说学校里的事，就很开心，也很好奇。我动员他去学校继续上学，他摇摇头，说他坐不住了，这两年没去学校了，心都野了。我对他说，书读少了，长大没出息，他听了就不高兴。

那些年，风调雨顺，庄稼连年丰收，村里多数人家粮食满囤，牛羊满圈。粮食市场价格又高，卖了小麦、黄豆和牛羊，就拆了土房子换成了砖房子。过春节时，还有不少家庭买了黑白电视机。可就小满家地里的杂草疯长，庄稼荒了。过春节时，他家做豆腐吃的黄豆还是我娘给的。

1990 年春天，喜旺伯家建新房子上大梁那天，我回村里帮工。我又见到了小满，他正在忙着干活。

吃过午饭，小满邀我到他家去玩。推开他家的大门，我的心都凉了。

他家住的房子还是他爷那辈建的，他爹虽修缮了几次，但现已倾斜，还有裂缝，就是危房。我批评了他。

"村里人需要帮工，自家的活儿顾不上，东家叫，西家喊，弄得我很狼狈。"他很委屈。

"那你也要为自己想想。村里人的工要帮，但自家的日子也要顾。"我劝他。

"唉！为难呀。人家叫咱帮工，是看得起咱。"他重复着他爹过去说过的话。

我不好意思再劝说他。后来，他每看见我就避开了。听村里人说，小满说我有知识了，瞧不起他了。

我大学毕业后在城里上班，距离老家远了，偶尔回到村里，见小满还在村里忙着给人帮工。不同的是，他儿子都五岁了。他帮工干活时，儿子就跟着他在雇主家里玩。

"儿子爱我啊！"小满脸上洋溢着满满的幸福给我说。

小满高大的身躯也驼了，可他总是乐呵呵的。我见到他，就递上烟，他接过烟总是舍不得抽，夹在耳根上，还给人说："我同学抽这烟高档，值钱。"

二十年后，小满有了孙子。农村种地的人少了，人工抢收抢种已成了历史，人们也不需要帮工干活了。喜旺伯已去世多年，几个儿子都在外打工，长年不回来，土地都荒着，没有人承包。小满在家种地、管孙子，守着空荡荡的村庄。

去年春天，我回到村里又见到了小满，他感叹着光阴很快，回忆着我和他小时候的快乐时光。分别时，他要了我的电话和住址，说要给在城里打工的儿子，让娃有事了找我。

今年暑假的一天中午，我接到了小满的电话，说他要来城里见我。我问他有什么事，他说想让孙子在城里上幼儿园。我答应了，让他别担心，我给帮忙解决。

幼儿园快开学时，我给小满的孙子联系好了幼儿园，按进城务工人员子女办理，幼儿园审查资料后，我拿到了孩子入园的通知书。我马上高兴地给小满拨电话，可打了几次，都没有人接听。后来终于打通了，接电话的是小满的儿子，他告诉我，他爹突发心梗正在医院抢救……

强

娃

强娃是我包扶的贫困户王福的儿子。他常和我联系，家中有啥事都要给我说一声，让我帮他拿个主意。

三年前，精准扶贫工作开始，我到了强娃家。他家那般景象，还真让我心寒。全家五口人，父亲王福帮人干活出了点意外，把腿摔坏了，花费了不少钱，刚出医院不久；母亲中风后遗症，长期服药，行动不便；媳妇是外地人，因受不了这穷日子煎熬，扔下孩子走了一年多了；女儿才两岁。老的老，小的小，只有强娃一个劳动力，还只能窝在家里耕种几亩坡地，没有稳定的经济收入，全家生活陷入了极度的困境。

强娃三十出头，家道的不顺使他对未来的生活失去了希望，人像被霜打了一样，蔫蔫的，没有一点年轻人的活力。

这样一家人，咋样才能走出困境？我和他们商量，也替他们想着办法，仅凭出苦力肯定不行。我思来想去，觉得让强娃学一门技术还是可行。于是我联系了扶贫职业技术学校，把他送去学习大型工程机械操作。

学习结业后，强娃取得了工程机械操作证书，我又推荐他到建筑公司去上班。公司老板是我的中学同学赵宏发，正好公司又添置了一台挖掘机，就说好让强娃去操作。

在城里上班，离家不远，还能照顾上父母，这工作可以干。这是强娃告诉我的。我鼓励他，坚持好好干。

两年过去了，强娃成了建筑公司的骨干力量。宏发多次在我面前表扬强娃，说他肯吃苦，人又诚实。强娃家的日子慢慢地向好的方向发展。

我听了，心里也甜滋滋的。想着过年时，再去他家里看看。

然而，新冠肺炎疫情突然爆发，把计划都打乱了，我也就没有和强娃联系。

疫情之下，人们都很焦虑。宏发不停地给我打电话，询问强娃最近的情况，把我也弄蒙了。宏发说他给强娃打电话没打通，发红包，他也不收。这强娃是不是来年不打算给他干了，要跳槽了？企业不能开工，老板压力也非常大，担心工人流失。公司要发展，像强娃这样优秀的员工流失了，那是割肉般的痛。

我也觉得奇怪，强娃很长时间没给我打电话了。我拿起电话给强娃拨了过去，仍然是无法接通，他到底怎么了？

今日立春。我推开窗户，阳光暖暖地铺进来，让人心情豁然开朗，真想伸手去摸一摸春天。突然，我接到了强娃打过来的电话，他向我问好！

"你干啥去了？电话咋一直打不通？"

"对不起，我走得太匆忙，没有来得及告诉你，我去武汉了。"强娃浑厚的声音，有点沙哑。

"你去武汉了？"我吃惊地问。

"是的，我去武汉火神山医院工地干活了。我同学在那工地上当技术员。年三十那天，他告诉我，建筑工地上缺大型机械操作人员，我就赶了过去。刚到工地上干活，就把手机摔坏了。特殊时期，没有修手机的，也没有卖的，把人煎熬得没办法。昨天工程结束了，我搭乘咱省上送援助物资的车返回到市里，政府安排我在市集中隔离点进行十四天隔离。疫情结束了，我就去看你。"

"哎呀！你咋不早说，我去看你。"

"不用，你也出不了小区，咱们都按政府的要求办。"他果断地说。

天空的乌云散去，太阳展开了笑脸。沐浴着久违的阳光，温暖充满了我的全身。

疫情风险降低，政府要求企业复工复产。

几天后，宏发的建筑工地上来了几名市里的领导，给王强娃同志送来了慰问金，还有优秀青年的荣誉证书。

当电视台记者采访强娃时，他真诚地说：我家是贫困户，在我们最难的时候，是党的扶贫政策帮助了我，在国家有困难时，我也应该出点力、尽点义务……

这个画面，我是在秦东新闻上看到的。我看了一次又一次……

憨娃

放羊的憨娃享福了。在小村里，人们都传说着、羡慕着他的幸福。

其实憨娃不是他的名字，父母给他起名根发。不知从啥时起，村里的人都叫他憨娃。父母给他起的大名就没有人再提起了。也许是因为他厚诚、老实，村里人都这么叫着，他也就随口答应着。一晃就老了，憨娃就成了他一辈子的名号。

小时候，村里来了个算命先生，说他天生劳碌命、多坎坷。果然，都三十二三岁了，还没娶下媳妇，把父母熬煎的。无奈之下，父母托人从陇南给他寻了个媳妇。媳妇长得俊俏，人又干练利索，就是与他合不来，没言语。刚进门，媳妇就哭哭闹闹的，寻死觅活，伺机出逃，但跑了几次，都被及时发现没能成行。

父母苦苦哀求，那女子心软了，就安下心和他凑合着过日子。两年后生下了儿子，一家人才有了笑声。谁知，那女子并不甘心，在儿子两岁时，偷跑回了老家，再也没有回来。憨娃的母亲抱着孙子，泪水就没干过。无奈，憨娃的父亲从镇上买回一只奶山羊，让憨娃养着，供孩子吃奶。娃儿吃饱了，憨娃兴奋地抱着儿子，村上村下地疯跑着。

家里的事父母管着，他就风里雨里甩着羊鞭，一心一意地放着羊。一天天，一月月，春夏秋冬，他就一个心眼赶着羊群。雨天，他宁肯自己淋着雨，也不敢让羊儿淋着。由少到多，从小到大，他愣是把一只羊放成了一群羊。

儿子上小学了，憨娃把羊儿赶到山坡上。他远眺着在校园里玩的儿子，近看着吃草的羊儿，满心欢喜。儿子上了初中，又上了高中。每次开学时，憨娃的父亲都要牵几只羊去卖，给孙子交学费，换零花钱。

雨季里，儿子在学校上学，河里涨水了，回不了家。憨娃就放下羊鞭，给儿子送馍馍、送零花钱。从家走时，母亲叮咛说，你身上有羊膻味，把馍给娃了就快点回来，别让人家同学笑话娃，他点点头。到学校见到儿子，儿子接过他背的馍馍，亲热地拉着他在校园里转了一圈，还给他端来开水喝。分别时，长得比他魁梧的儿子，把他送出了老远。

可怜的憨娃，一直孤单一人。父母见人就说，憨娃啥时能长个心眼、寻个媳妇，他们死了也就能合上眼了。憨娃傻傻地笑着说，不急啊！

憨娃整日里腰间别着一根羊鞭，赶着他的一群羊，在青草丰茂的山坡上，自由自在地游来荡去。想睡了，他就仰面睡在山坡上，嗅着醉人的草香味，看着蓝天、白云。他想着心事，人真是个怪物，儿子爱念书，他爱放羊，咋就没有遗传性哩？父亲是个放羊的，儿子是个念书的，想着，他心里就有憋不住的兴奋：放羊，卖钱，供娃念书。

儿子懂事，学习用功，考上了大学。几年后大学毕业，他自己选择自主创业，开了个网络公司，用心经营，效益很好。

多年后，父母相继离世，家里就剩憨娃和一群羊了。儿子要他到城里去住，好说歹说，他离不开羊，就一直拖着。

去年入冬，憨娃的胃炎加重了，儿子要他住院治疗。儿子态度坚决地把他的羊卖了。

病愈出院后，儿子就让他在城里住下了。有人给儿子出主意，让给他爸找个伴。他就急红着脸，气得直跺脚，骂儿子不孝顺。看着顽固的他，儿子心疼而无奈。儿子要给他雇保姆，也把他惊得，说那千万使不得，他能走能动，费那钱干啥？再说家里有个女人他不习惯，觉得打个嗝放个屁都不自在。

憨娃就依着儿子，儿子教他在电磁灶上做饭、开关电器。儿子的耐心，就像当年他教儿子学走路儿一样。

时间真快啊！孙子上学了。憨娃在心里计划着，再回村子多放些羊，也让孙子把书念好，千万不敢耽误，将来一定要奔个好前程。想到这儿，他就急切地想回到小村甩起羊鞭，干他的老行当，那才自在呢！

儿子回来了，他把自己的想法告诉了他，儿子笑了："爸！你就别操心了，你再也不用放羊了！你孙子上学有我呢！你就好好养着身体。"儿子依然态度坚决。

唉！现在娃已经看不上他放羊挣钱了。他感到很失落，心里难过。人忙着，就知累；人闲着，是受活罪。

　　他把放进柜子里的赶羊鞭取出来，一次又一次拿到手上，默默地注视着、发着呆……

　　街上，车来人往，熙熙攘攘，他站在阳台上，却无心打量城市的繁华，只是手里握着羊鞭，想着自己的心事。

　　春光里，远处的山峦披上了新绿，这时正是放羊的大好季节。憨娃想着，站在山头，扬起手中的鞭子，痛痛快快、酣畅淋漓地甩着……

核桃熟了

德发站在村口，向远处望着。核桃熟了，摘下来放在家里，咋卖出去？他在等待着客商，苦苦地等着。

几年前，他挖了苹果树，拔了花椒树，又栽上了核桃树。他整天忙在核桃园里，松土，拔草，施肥，修剪，全身心地投入。

核桃园就是他的全部。他整日在园子里精耕细作，做务的核桃树比谁家的都长得壮、有型。想着就要迎来盛产期，德发心里无比地高兴，觉得自己很幸运。

上半年，在镇上脱贫攻坚推进会上，德发作为贫困户的代表，在大会上做了经验交流。乡长给他发了红包和奖状，他乐滋滋的。政策，政府，就是给力，他见人就讲，心里舒坦，人活得就是个心劲。

春天是核桃生长期，雨水适时、均匀，天气好，没受影响，坐果率高。

今年又丰收了，德发暗自欣喜。他认真估算了，在去年的基础上，增加百分之三十没问题。他按捺不住心头的喜悦，筹划着往后的日子。还清给儿子治病所欠的债务，把政府资助给盖的房子装修一新。孙子相上对象了，这些年都没敢去提亲。核桃卖了，就向女娃家正式提亲，给帮扶干部的单位送上一面锦旗，做一面大红鲜艳的。

程德发家穷了这些年，如今享受上好政策，在这道岭上，也要翻身了。德发老汉美美地思考着未来……

一阵风刮过，天空又飘起了小雨。唉！该死的天。立秋后，雨下得就没有停过。

回到场院里，德发看着邻居家锁着的门，心头掠过阵阵凄凉，脸上渗出了水。

邻居桂花家把核桃摘下，为图卖个好价钱，让儿子开着自家的农用车，进城去卖。谁知山路崎岖，下雨路滑，重车侧翻了。车损坏了，儿子被轧断了几根肋骨还在医院急救。

桂花家咋这么不顺当？核桃卖了都不够治病，想起来都让人心痛。

回到家里，德发看着堆起的核桃，心里烦躁。他想骂人，但，又不知道该骂谁。

听村主任说，前几天村里来了客商，买核桃赔钱了，德发不相信。但这些天，没有客商来，他就有点心焦。德发找到了去年买他家核桃的那小伙子的电话号码，打了几次，都没有人接。看来，今年核桃的销路，确实是有问题了。

德发手捏着腐烂的核桃，问自己，种啥能有可靠的收入？过去种苹果、花椒，后来种核桃，现在又号召种猕猴桃。干部们没少费心思，没少跑路，可收入保障不了，一切都是枉然。

"养猪时，羊值钱了；养羊时，猪值钱了，咱就没那富的命啊。"

德发老汉，举起拳头，狠狠地在核桃袋子上砸了几拳。

在这道岭上，核桃树已经覆盖了大半的土地。去年销路就不理想，客商稀少，镇上的加工厂生意也不景气，产品滞销……

德发家是小户，村里还有大户，堆积如山的核桃，似压在他们心头的山，人们更愁。雇工施肥，修剪，采摘……已投资了不少。看着不断在腐烂的核桃，真让人心痛。

农民，在土地上种啥、发展啥，可不是那么容易的事！德发挠着头，陷入深深的思考中。

院门开了，一个熟悉的身影走了进来，是包联德发老汉的严虹，她是县政府的干部，常常风里来，雨里去，实打实地帮扶着德发家：给老太太看病买药；给儿子申请轮椅；帮他给核桃树打药、施肥，像亲闺女一样。

"叔！告诉你个好消息，我帮你寻下买家了。天晴后，就来装车。"严虹高兴地向德发说。

"啊！那太谢谢你了！"

上次下乡来，严虹就答应了德发老汉帮他卖核桃。

答应归答应，可核桃卖给谁却成了严虹的负担。她睡梦中都在卖核桃。她调动了一切资源和力量，帮大叔推销核桃。今天早上，他在企业当经理的大哥打来电话，和她确定了购销核桃的事，她如释重负，十分兴奋，就急忙往村里赶。

　　"我……"德发老汉，似有难言之隐，"我……我想和你商量……"

　　"你说！"严虹鼓励德发老汉。

　　"我想先把桂花家的核桃给卖了，她家急着用钱救娃的命哩。"

　　严虹点点头，同意了大叔的想法。

　　门外，雨停了，西边蔚蓝的天空下，挂着一道彩虹。哇！很久没有看到这么美的彩虹了。

王福民的心事

王福民拿上自家贫困户的资料袋，匆匆地来到村部，把袋子扔下。他坚决地说，他家不当贫困户了。现场的干部相互看着，都弄不明白，这王福民犯啥毛病了。

王福民的老婆患有中风后遗症，长年坐在轮椅上，需要人照管。两个儿子，大儿子和妻子离婚了，留下孩子，出门打工去了；去年，二儿子结了婚，家里借了几万元的债。村干部把他家确定为贫困户，大家都没有异议，也认可。可这王福民说不当就不当了，各级的扶贫系统都有他家的资料，没法删改。村支书和他是发小，气得骂他，硬是给他挂上了贫困户的牌子。

今天是扶贫日，县里的帮扶干部开着车来到村里，村庄显得热气腾腾的。干部和村民打着招呼，问长问短。

"王叔，在家啊？"帮扶干部杨帆站在王福民家门前。小杨是县上统战部门的干部，为了福民家，他动了不少心思，把他们当亲人。可不知咋的，王福民就是不配合，这让他心里很纠结。

过去，王福民家在这道岭上也算日子好过的人家，老两口勤劳，人又智慧，两个儿子都上着学。他们承包了队上的二十亩坡地，深挖，施肥，收了麦子种豆子。收获后，他留足自己家吃的，余下的全卖了，全年收入还不少。村里人都羡慕他，能吃苦，会算计。很快地他就拆了老辈子住的土房子，在村里盖起了三间砖木结构的瓦房子。

大儿子初中毕业后，就跟上村里的娃们外出打工了。几年间，儿子挣了钱，也谈上了对象。订婚时，女方家要的彩礼多得吓人，福民都没有打退堂鼓。他从银行贷，向亲友们借，硬撑着把儿媳妇娶了回来。在这穷山沟里，娃能娶上媳妇，就是莫大的幸福和荣耀。

第二年春上，儿媳妇生了个孙子，全家高兴得合不上嘴。孙子三岁时，能离开妈妈了。王福民急着给银行还贷款，就和儿子商量，让把媳妇带出去打工挣钱、还账。

女娃见识浅，跟包工头干了一年活，心就动了。她甩下娃，跟着包工头远走他乡了。突如其来的打击，使一家人无法承受，王福民老婆一气之下，高血压突发，差点送了性命，花了几万元抢救，保住了命，人却瘫了。

当初，若不让儿媳妇外出打工，就让她帮着他们干地里的活儿，兴许一家人还散不了。王福民坐在场院里的石碾上，手里握着旱烟锅抽着闷烟，望着天空，心事重重。当初，为什么要赶着让娃出去啊！他双手捶打着自己的头。

门前的大路上，来了几辆车，王福民急忙把二儿媳喊回家，把门锁上。他推着轮椅上的老伴，在门口晒着太阳。

邻居的虎娃憨，嘴里流着口水站在场边，眼睛死死盯着来往的车辆，瞄着帮扶他的干部来了没。唉！虎娃他爸过去也是个能行人，头脑活，在外跑生意，老汉死了多年，留下了憨憨儿子活受罪哩。先帮扶虎娃的是个女干部，不知咋的，后来给调整了年龄长的男干部，这人脾气好，每次来都给虎娃带几件衣服，还带好吃的。那虎娃，不等帮扶的干部走，就到场院里，给在场院里的那些妇女和娃娃炫耀！

王福民抬起头，帮扶他们的干部杨帆，站在了他的面前。然后，他坐了下来，与福民谈着脱贫的事。杨帆出生在农村，对农村熟悉。他说，看着王福民，就像是他堂伯。他对农民有感情，工作也有思路。为此，王福民也真佩服杨帆，但他就是不想配合他，沉默着，小伙子很无奈，只好放下给他老婆买的常服药，尴尬地告辞了。

送走了杨帆，王福民把圈拦门打开，牵出羊来，向屋后的山梁上赶。羊儿在坡上吃着草，他闷闷地坐在坡头，心里装满了事。

老二媳妇要上班了，工作是杨帆给找的，他坚决不让去。他王福民再不能弄这鸡飞蛋打的事了。深刻的教训，是他心里永远忘不掉的痛。每遇到村里有陌生人来，他都挡着儿媳，不让与陌生人搭话，让她待到屋里，把娃管好，截断她与外界接触的一切机会。

啥叫幸福，王福民坚决地认为，幸福就是一家人在一起团团圆圆。

坡上那块地

今年风调雨顺，地里的庄稼长势喜人，可就是总有野猪来破坏。

村里的年轻人都外出打工了，只剩下上了年纪的老人。爹在村里总喜欢管事，把村里的劳力集中起来，按年龄大小、身体强弱搭配，编成了巡逻队。每到夜幕降临，爹带领村里的人，扛着铁叉轮流上岗巡逻，守护着旺长的庄稼。

早上，我刚上班，爹就打来电话说，昨天晚上，几个巡逻的人图懒了没有尽职，让野猪得逞了，把村里旺财家的两亩玉米损坏了一大半。爹在电话里叹着气，要我买几捆爆竹送回家去。爹态度坚决，说要严防死守，坚决打赢这场庄稼保卫战。

我按照爹的要求，买了几捆爆竹，开车送回家里。

这些年为了不让爹种地，儿女们都没少费心。爹总是不肯歇着，执着地种着坡上那块地。爹说过，只要自己腿脚能动，就绝不让地荒了。他种麦子、种玉米，还种各种蔬菜，给在城里住的儿女和朋友们送，就是为了让大家吃到粮食和蔬菜时，永远感恩坡上那块土地。

农民如果不种地了，还是农民吗？这是爹的口头禅。他坚决不肯离开村里，不舍坡上那块土地。

几十年前，他们一大家人从外地逃荒落脚到这山里。当时，没有粮食吃，全家七口人，吃了上顿没下顿，娃们饿得哇哇叫。爷爷借了二斗麦子，从别人手里换来了那块坡地。爹是家里的长子，从小就跟着爷爷上到山梁上，挖地，施肥，种麦子、玉米，才使一家人有了饭吃，度过了饥荒。爷爷过世时，给我爹千叮咛万嘱咐：农民到什么时候，都不能把土地丢了。大集体时代，生产队收了这块地进行集体耕种。土地下户时，爹又特意用别的地把这块地换了回来。现在日子好了，咋也不能让地荒了。

"爹，土地再好有啥用呢？一亩地多打个几百斤粮食，还不如我在外面打一天工呢！"我说道。

近些年，农村人都外出打工挣钱去了。男人上建筑工地，女人进工厂或在附近找些零活干。我自学了建筑方面的知识，在工地上给建筑公司带工，日工资四五百元，咋都看不上这几亩地了。

爹知道我说的是事实。辛辛苦苦忙活一年，到头来一算账，除去种子和化肥，就是没有打几天工挣的钱多。可爹还是舍不得把地租给别人，这毕竟是家族的救命地。几十年来，爹像伺候孩子一样伺候着这块土地。他舍得出力，深翻施肥，精耕细作，土地每年也都真情回报，打的粮比谁家都多。爹爱着土地，恋着土地，他熟悉土地每一个呼吸，每一次欢笑，每一场喜悲。

爹每次外出回到家，所做的第一件事就是到地里走一走，看一看。当看到那绿油油的庄稼时，他的心就像开了花。

爹心里明白，当下农村人确实都不愿种地了，即使种，也是三心二意的，随便把种子播进地里，就不用心管了。粮食产多产少也无所谓了，反正人们吃的不指望它了。

当下种地是划不来，村里就有几块地荒了。爹就是不忍心让地荒了，每每看到有地块荒了，他就有犯了罪的心理，觉得这不是他这代能做出来的事。

秋天到了，饱满的玉米把人们的希望染成了金色。在爹和乡亲们夜以继日的管护下，玉米、黄豆长势喜人。我回家帮爹收割秋庄稼。

突然，意外发生了，爹不小心摔了一跤，把小腿摔骨折了。爹住进了市里的中心医院，可躺在病床上的爹仍惦记着坡上那块地的庄稼。

我就对爹说，干脆寻人把那地租出去。爹沉默着，没有说话。看得出，他的内心很复杂。

一个月后，我回了一趟老家，把地租给了旺财家。回来后，我把上边有王旺财的签名和鲜红鲜红的手印的协议，郑重其事地交给爹，让他保管好。

爹问："你把地租出去了？"

我点点头，从包里取出了五百元钱递给爹："租出去了，这是租地的定金。"

爹没有接我递过的钱，红着脸说："有人种就好！我不是要钱，我是怕把地荒了。"

寻找

初冬，市电视台栏目组的李主任和摄像师老王找到我，要我领着他们去秦岭北麓下沿山村庄，寻找贫困救济对象。

李主任负责的《百姓生活》栏目有个"送温暖"的专题节目。每年初冬，栏目组都要招募社会爱心企业和人士，捐赠一批救济物资，送到偏远的山区，帮助有困难的村民度过寒冷的冬天。这个专题节目做了十多年，获得了上级宣传部门的嘉奖和社会的好评。

过去，我在镇政府民政办工作，上级民政部门分配的救济物资数量少。在每年入冬时，镇政府都安排干部进村入户对困难群众进行摸底排查，谁家缺钱，谁家少粮，谁家发生了灾祸，都要摸准建档。而这些工作，是要靠村干部来完成的。工作能力强、办事公道的干部上报的救济户，一般都能经得起群众的监督。而有的村干部就不能把政府救济政策完全贯彻落实好，在群众中造成了不良的影响，损害了政府形象。

镇政府把救济面扩大了，为了筹集更多的救济物资，通过市电视台发出倡议书，调动社会各方面资源，争取各界更多的捐赠以帮助那些有困难的村民度过寒冬。

我们驱车进了几个村庄都没有找到合适的人家。中午时分，我们来到靠山的王岭村。我曾在这儿驻过村，村里谁家的门向哪个方向开着，我都知晓。这些年，村里的变化大，路平了，灯明了，过去废弃的涝池，也都被改造成了景观，东边还建起了文化广场。村民们吃过饭，就聚到广场上，年轻人打着球，老人们晒着暖阳，手里还弄着草编，山乡里宁静而和谐。

"老钱！"有人喊我，我急忙走过去。

是老村长王大农。他今年七十多岁了，身体硬朗，在村部里协助年轻人干点事。他见到我，尤为亲切。

记得1998年冬季，镇上发救济物资。村里把受救助对象户报上来，物资由村委会领回村里统一发放。政府要求给每个困难户一袋面粉、一桶食用油。而他们村上进行了变通，仅给了面粉，没有给食用油。这样就余下了几袋面粉、几桶食用油。

几天后，村干部这种分配办法被群众举报了。我和一名副镇长负责调查处理。

当时，村干部统一口径，还给困难户做了工作，集体对抗我们的调查。后来，在我们的再三说服下，还是王大农说出了实情。

村上没有经济收入，干部们跑项目、开会，在镇上饭店请客吃饭欠下了上千元的账无法归还。年终了，饭店老板逼着要账，他们就开会研究，决定截留困难户的救济物资，拿面粉和食用油给饭店顶账。镇长知道后狠狠地批评了他们，让给困难群众赔情道歉。但要解决问题，稳定群众情绪，就必须把救济物资及时给群众补上。于是，我牵线搭桥，联系爱心企业捐赠了面粉和食用油，解决了村上的困难。从此，我每次来王岭村，王大农他们就说起那事，感谢我救了他们的急。

王大农招呼我们到村部里走走，路过新造的涝池，向左边看，一排新盖的小楼，漂亮别致。

我问："这儿不是王双喜家的老庄基吗？"

大农回答："是的。"

我就急切地问："王双喜这些年过得怎么样？"

"唉！日子好了，他走了。"王大农叹息地说，"王双喜去年春季去世。他那两个儿子，这些年在西安干建筑都挣了钱，就把老房子拆了，盖起了漂亮的楼房。"

记得 2000 年冬日那个飘雪的中午，我正在镇政府灶上吃饭，王双喜来到了政府大院，反映村主任把给他救济的棉衣给了妇女主任的男人，害得他冷得过不了冬。他要求镇上派人到村上去调查，我接待了他，还请他在灶上吃了饭。随后，在他临走时，我请示领导批准，从库房里给他领取了一套新军用棉衣。后来，他也再没有追问过我调查的结果。

一抹暖阳透过窗户把村部的会议室照得亮亮堂堂。我们在办公室里就座后，李主任把这次来的想法告诉了王大农。大农却拉着我和李主任，走进了两间库房，只见里面堆放着不少的米、面、油，还有上百套被褥和棉衣。

我疑虑地问："这是？"

"都是爱心人士和企业送来的，村上已发过几次了，这些物资储备在这里，村里有谁家真正需要，就可申请来领。"王大农说。

过去，让谁捐献把人难的，现在要捐给谁，又让人为难。王大农感叹道。

我们站在场院里观看村里的妇女们跳广场舞。小王扛着摄像机，前后左右跑着为她们摄像。她们喜气洋洋，跳得特别卖力。

承诺

那年，我从学校调到镇政府工作。麦收结束，进入七八月份，镇干部主要的任务是催缴公购粮。我工作的这个镇，催缴公粮是特别难的事。部分村民都不愿自觉地去粮站缴粮，要靠镇、村干部苦口婆心地动员，否则，一些村民就拖着不缴。

为什么会这样？我进村入户后终于明白了。村与村民，村民与村民之间都积压着多重的矛盾，等着干部们上门来解决。问题解决满意了，他们才心甘情愿地缴粮。

镇政府动员会一结束，干部们就进村入户，把村民反映的问题记下来。能解决的问题，帮助解决；解决不了的，就给村民一个承诺。总之，要让村民把公粮缴了。

我要去催粮的村子，在镇政府的西边。全村三百多户人，已上缴公粮户不过半数，村干部陪同我们逐户去催，村民反映最多的问题是，村上开办的几个砖瓦厂租用村民土地，不按时兑付租金；有的兑付了，也存在克扣现象。我们和村干部就帮助核查、督促，几天后，欠租户兑付了租金，大部分村民就缴了公粮。

对于少数存在问题的村民，我们就入户去解决。我和镇上的团干部小赵深入到三组一户村民家里。进了家门，夫妻俩还在床上闷睡着。见干部们进门，女主人才起来。可她坐在床边，拉着脸，沉默不语。我问他们家不缴公粮的原因。

"他家和邻居家有庄基地纠纷。"小赵已经摸清了情况。

邻居是个开砖厂的老板，在建楼房时，把他家的庄基地挤占了一米四。他们没能阻止住，还打了架，男人的左腿被打骨折了。村干部调解处理，邻居只付了医疗费，而建楼并没受影响，仍然侵占了他家的庄基地。

我走出屋子，对现场进行了观察，发现女主人说的是事实。邻居家漂亮的两层楼房矗立在那儿，把她家的三间瓦屋，逼得丑陋而可怜。但对方的楼房已经建好，拆掉是不可能的。我只能给他们以精神上的安慰，问她男人受伤的腿咋样了，她说，腿伤已经治愈，心伤难以愈合。每每想起人家有钱有势欺侮人，心口就堵得慌，地里的活儿也没心思去干。今年的麦子在地里都长荒了、歉收了。

她的诉说，句句刺在我心里。本想着好说歹说让他家把公粮缴了，我们也就完成任务了。可面对他们，我想好的几套方案都让泪水淹没了，我不忍心为难他们，只是茫然地在他家里家外徘徊着……

她儿子坐在里屋安静地做作业。我们和他母亲的谈话似乎没有影响他。

出于教师的本能，我走近孩子拿起他写的作业看，并问了他在学校的学习情况。他让我看了他的素质报告单，还用手指着墙上贴的几张奖状，看来这个名叫高翔的孩子是位优秀学生。我又问了高翔学校的情况，并提说了几位老师的名字，问他认识吗，他好奇地点了点头。我就告诉他，我原来也是一名教师，你们的几位老师，有我过去的同事，也有我的同学。

"叔叔认识我的班主任，也认识我的数学老师！"高翔起身，兴奋地去告诉父亲。

躺在床上的男人，坐起来接上了我的话。他们夫妇的脸上不再阴云密布。

小赵给他们讲着国家的政策，承诺解决关于庄基地的问题。

我没有说话。我在想，村民用不缴公粮来要挟政府帮助他们解决问题，也是不得已而为之。他们反映的问题，我们尽管解决不了，但也得帮着想点办法，不能利用他们的善良给他们开空头支票，而要尽己所能帮助他们。

"你们的孩子很优秀！"我由衷地对他们说，"你们两家关于庄基地的纠纷已形成一年多了，矛盾要化解，问题要解决，需要时间。我想你们应该把当下的日子过好，把孩子培养好。"我把电话留给了孩子，告诉他学习上有任何困难都可以找我。我想，这是我唯一能做到的事。

说罢，我们离开他家回到了政府。我一直寻思着咋样解决他家的问题。

几天后，小赵告诉我，县团委组织中学生暑假科技夏令营，给镇上分配了三个名额。我阅读了报名条件，觉得那家的孩子高翔学习优秀，挺合适的。于是，我和小赵商量，准备给高翔一次机会。我俩骑摩托车去了他家。家里只有高翔在，他说爸妈去粮站缴公粮了。

我和小赵站在他家门前的场院里，把参加科技夏令营的通知给高翔看。看完通知，他欢快地蹦了起来。

正午的阳光，穿过树叶间的空隙，洒下斑驳的光影。微风吹过，光影在场院上欢快地舞蹈。

十年后，荣升镇长的小赵邀请我去镇上做客，可这里的一切都变得陌生了，过去我包联的村庄已经改建成了植物园。赵镇长带我走进一栋小别墅里品尝农家美食。进门后，老板娘一眼就认出了我，喜滋滋地给我说着他家这些年的发展和变化。她还特意告诉我，儿子高翔已经从农林科技大学毕业了，在省城一家农业研究所工作，村里的发展规划都是他帮忙设计的。

兄弟

　　王永强和王永辉是堂兄弟。他们同岁，永强是二月生，永辉是九月生，永辉应该把永强叫哥。多年来，永辉从来都没叫过永强哥。他们见面都是"哎！"一声。永强"哎！"永辉就知道是叫他；永辉"哎！"永强也知道是叫他。这样叫着，两人也没觉得有什么别扭的，反而觉得亲切。

　　他们兄弟在相互"哎！"中玩耍，相互"哎！"中上学、成长。

　　永强记得永辉曾叫过一次"永强哥"。那是他们都在上小学的时候。一天放学后，他们帮着家里人去山坡上放羊，把羊群赶到了北坡上，羊在坡上吃草，兄弟俩就在坡上相互追赶着玩耍。在太阳落山时，永辉发现自家的一只羊不见了，就急忙在坡上寻找。永强和永辉分工，一个向东，一个向西，急切地寻找着。后来，永辉发现羊架在东边的沟崖的树杈里，挣脱不开，就拽着野草慢慢下到了半崖去。当他把树枝拨开，扯断绊住羊儿的树枝时，一只脚突然踩空，掉下了十几米深的悬崖。这时，永辉吓得浑身发抖。他急切地呼喊着："永强哥！永强哥！"听到了喊声，永强也吓得不知所措，他大声安慰着永辉："你别怕！有我哩！"永强想到自己还拿了一条麻绳，因为，他每次上坡放羊，都要给家里砍点柴火。爹腿有残疾，家里烧的柴，主要靠他去砍。永强急忙拿过绳子，小心翼翼地走到崖边，顺着永辉下去的地方，把绳子甩下去，让永辉双手抓牢，借着崖畔上的一棵洋槐树，一截一截，艰难地把永辉拽了上来。为此，永辉非常感激永强，常从家里拿好吃的与永强分享。

永强和永辉上完了小学，又升到了初中。永辉小时候体质弱，家又距离学校远，翻沟过河，经常都是永强帮助他。

初中毕业后，永强就不上学了。爹腿有残疾，干不了地里的重活儿，地里的犁耧耙耱的农活，他都要向大人学着干。永辉的爹在县铸造厂上班，每月有工资，家里情况相对优越一些，住的房子都是翻新的砖木房。

永辉去县城上高中了，永强和永辉两人也就很少见面，谁也就"哎！"不到谁了。起初，两人都不习惯，永强在地里干活，偶尔，就想到了永辉。他默默地站在田野里"哎！"上几声，都没回音，心里就很失落。他常想念在城里上学的永辉，孤独而茫然。

永辉在学校学习用功刻苦，年年都能领回奖状。永强常去他们家，看着永辉家墙上贴的奖状，木木地发着呆，心里是酸酸的，惆怅撞击着他的心灵。他爱看书学习，可他今生不可能再有上学的机会了。

永强整日忙在田间地头，收种碾打，把太阳从东山背到西山。几年后，村民们选永强当了村主任。他早出晚归，出东家，奔西家，忙着村里杂七杂八的事务。

永辉考上了大学，四年后大学毕业又考上了公务员，进了市委机关工作。几年后，永辉的父母也住进了城，他工作繁忙，也就很少回老家了。永强就更少能见到永辉兄弟了。

一晃十几年过去了。今年夏季，家乡连遭暴雨袭击，河水暴涨，农田被淹，房屋倒塌，灾情非常严重。救灾工作开始，镇政府向社会各界发出了倡议，呼吁大家为灾区救灾和恢复家园献爱心，并组织了大型募捐活动，邀请在外工作的社会各界人士，回家乡献爱心。王永辉也在被邀请之列。在举行募捐大会那天，王永辉赶了回来。

在募捐大会现场，永强看见了永辉，他被镇上的干部们包围着。永强连着"哎！"了几声，永辉似乎都没有听见。镇上的李镇长告诉永强，他是王永辉副县长，你小声点，别乱叫。

永强的脸红到了脖根，尴尬得不知如何是好。前几天，他就听说永辉要回来参加活动。他还为永辉准备了蔬菜和他爱吃的水果，可直到永辉离开时，他都没有想起送给永辉，他只是远远地和永辉挥手告别。

兴运的婚姻

我退休后，回到了故乡县城居住。那天，在人民公园遇见了我初中同学张兴运。在老家我俩的家是邻村，相距四五里路。上初中时，我俩是同班。那时，张兴运就有对象了，我和同学们都特别羡慕他。

那个年代，山村里贫穷落后，男孩子多，女孩子少。家有儿子的父母都担心孩子长大了找不下媳妇。于是，男孩子十二三岁后，父母就张罗着给孩子找对象定亲。先下手为强，要给儿子把媳妇"占"上。

张兴运订的对象是我们村里的淑侠。她的爷爷奶奶上了年纪，爹腿有残疾，干不了重活，娘在生产队里挣不上工分。家里三个女儿，淑侠为大，两个妹妹在上小学，老的老，小的小，日子过得很是恓惶。淑侠满十二岁时，张兴运家托人上门提亲，淑侠爹收了兴运家的礼金，就答应让淑侠和张兴运订了婚。

　　淑侠长得俊俏，细眉大眼。她上学时比我低一级。在校园里，同学们见了淑侠，都喊着：兴运！兴运！喊得淑侠羞红了脸。那时，我就想兴运这家伙真是兴运啊！

　　初中毕业后，我去了县城读高中，兴运没有再上学。他回家下地干活挣工分，犁、耧、耙、耱，收、种、碾、打，农活儿样样都能拿得起来。更重要的是，他还常去帮淑侠家干活。

　　土地分配到户后，淑侠家分了十几亩地。淑侠爹干不了地里的活儿，要靠淑侠和母亲干。肩扛担挑的重活兴运来就主动帮着干，兴运也很乐意。他曾对人说，只要苦力能换来媳妇，付出的一切都值得。

　　在夏收秋种时，我常回家帮父母干活，也曾见到同学兴运，他和他爹牵牛扛犁来帮淑侠家干活。兴运爹躬着腰，走路有点吃力。兴运见人就说，给丈母娘家干活了。他的脸上是满满的真诚和幸福。

　　两年后，淑侠在渭北煤矿上班的姑父为她找了一份工作，让她去煤矿下属的一个化工厂上班。那年春节时，淑侠回家过年，穿得洋气而富贵，谈吐优雅而大方。人们都说兴运这下根本配不上淑侠了。我见了兴运，就试探着和他聊，让他觉悟点。他冲我一笑，自信地说，订婚这么多年了，送钱送礼不算，一年三百六十五天，多数时间都在为她家干活。人心都是肉长的，淑侠不会昧良心的。我向他点点头，没有再说什么。我祝福他永远兴运、永远幸福。

　　兴运二十二岁那年，向淑侠家提出了结婚的请求，淑侠家总是以各种理由拖延，越是拖，兴运家就越逼得紧。最终，在兴运二十六岁那年，淑侠家提出了退婚，让兴运家人算账。两家人争争吵吵，兴运站在场院里把淑侠全家骂了几辈，但最终也没能成亲，淑侠家如数退了礼金。

可怜的兴运，遭遇退婚后，似天塌了一般，睡在家里的土炕上，很长时间都没有出门。在兴运三十六岁那年，爹托人从陕南山里给他抱养了个女婴。家里买了一头奶山羊，给孩子喂奶。父母给他照管着女儿，兴运早出晚归，下地去干活。

我大学毕业后，被分配到了外地工作，就再也没有了兴运的消息。

几十年后，我们同学相见特别开心。兴运告诉我他在公园对面的高档小区居住，要我一定去他家里参观。

兴运的女儿上了大学，又考上了研究生。她毕业后，在铁路设计院上班，现在已是个工程师了。女儿为了孝敬父亲，给他买了二百多平方米的大房子。我不好推辞，就随他去了他家。进了门，兴运给我介绍他家的装修，说用料都是高档的，家电都是名牌的。参观完，我真为兴运高兴。那天中午，兴运还请我在小区东边的如意餐馆吃了饭。

此后，每隔几日兴运就打电话约我去如意餐馆吃饭。看样子，兴运和餐馆的女老板很熟悉。那女老板三十多岁，干练泼辣。走进餐馆，兴运就帮着服务员招呼客人，取餐纸倒水，一切都熟悉而自然。

中秋节那天，兴运又打电话约我去吃饭，我真不好意思去。他不厌其烦地打电话，我就从家里带了瓶白酒，来到如意餐馆。他要了四个菜，我俩边吃边喝。几杯酒过后，兴运的话多了起来。他喊来餐馆女老板，要她给我敬酒，还问她认识我不。女老板摇摇头，表示不认识。他就骂她：你个瓜女子。你叔是大名鼎鼎的人物，和你妈和我都是同学。我惊讶地问兴运，老板她妈是谁？

　　兴运告诉我，老板就是淑侠的女儿。我仔细打量，她长得还真像年轻时的淑侠。

　　出了餐馆，我问兴运淑侠的情况。他说，淑侠在煤矿下属的化工厂干了几年临时工，后来嫁了个小煤矿的老板，夫妻俩的煤矿几年后因为发生了不安全事故，被政府强行关停了。他们赔得一干二净不说，更不幸的是淑侠还患上了肺癌，三年前就去世了。

　　兴运说到这儿，声音有些哽咽，他拿出手机，给我找寻着淑侠的照片，泪水打在抖动着的手机屏幕上……

杏花嫂

学校招聘保洁员，来了一位老人应聘，因年龄超出了要求，后勤主任就没有聘用她。

老人不肯放弃，再三说自己身体硬朗，手脚利索，保证能胜任保洁工作。后勤主任征求我的意见，我也就见到了这位老人。

见到我，她低头哭泣着。

我看着她，佝偻的腰身，瘦骨嶙峋的。但那双大而有神的眼睛告诉我，她一定是我过去的熟人，可我就是想不起来在哪儿见过她。

二十年前，我在乡里的小学担任校长。三年级有个叫程倩的女生，平时旷课、迟到，自由散漫，期中考试语文、数学两科都不及格。班主任和我商量，决定去她家进行家访。

程倩家距学校五六里路，山道弯弯，下沟过河很不方便。我和班主任去的时候，程倩正和村里的娃娃在场院里玩打面包的游戏，她家的门紧闭着。问她家里大人去哪儿了，她说家里没有人，就跑开了。最后，我们还是见到了程倩的爷爷奶奶。从跟老人的交谈中，我们知道了程倩家的基本情况：爷爷奶奶与他们分开住，就在程倩家的后边。程倩的父亲在县铸造厂上班，母亲就隔三岔五去县城住，而把女儿程倩和正上初中的儿子丢给爷爷奶奶来管。程倩奶奶说儿媳就不是个过日子的人。说这话时，老人家的嘴上都带着劲，脸都有点扭曲：那个不装心的，生娃不管娃，整天就不着家。

在我们和奶奶谈孙女的学习时，爷爷半天都没说话。在我们起身告辞时，爷爷突然开口说，这个家大人不爱干活，娃娃不爱学习。他叹着气，显得很无奈。爷爷送我们出村，一路说着感激的话。

半个月后，在村上召开的一次群众大会上，我见到了程倩的母亲杏花嫂。她身材高挑，白皮肤，大眼睛，穿衣也很讲究，坐在人群中，显得格外耀眼。大会结束，我和班主任招呼她喝水，和她谈程倩的学习情况，可她总是绕过话题，轻描淡写地应付我们。还说娃自有娃的福，书念好念坏，长大他们都会有一碗饭吃。她还自信满满地说，她儿子将来接他男人的班，到县铸造厂上班，女儿随便找个工作，都不是啥大事情。我们看得出，杏花嫂说这些话时，很有底气，信心满满。

认识后，我见她就喊嫂子。在街镇上遇见过几次，她都很热情地打着招呼。村干部告诉我，杏花整日在镇南北街上漂，家里的活儿全扔给公公婆婆，就连自己的女儿、儿子都很难见到她。她喜欢交往，在社会上认识的人很杂。诸如谁家申报个庄基地、给孩子报个户口啥的，她都非常热心地给人家帮忙。她也因此混得风风光光，给自己跑出了一串串的故事。

程倩的学习成绩时好时坏，不能持之以恒。三年后，她小学毕业升入初中。偶尔，我在街上遇见杏花嫂，她还是风风火火地在给人帮忙办事。后来，我离开乡里的学校，应聘到城里的学校任校长后，就再也没有见过她了。

没错，眼前的老人就是当年的杏花嫂、我的学生程倩的母亲。我不敢相信，岁月竟把一个曾经那么风骚的女人磨成了这般模样。看着她，我的心情极其复杂。杏花嫂那刀刻般的皱纹里，流淌着串串泪珠。

十年前，程倩的父亲不幸离世，县铸造厂也早破产了，程倩的哥哥没能接替上班，而去了新疆打工，在那里成了家，很少回家。程倩初中毕业后，与镇上的一个小伙子私奔，在外面漂泊了几年又分手了。后来，程倩又去了广东的电子厂打工，而且把自己嫁到了南方。

"你别笑话我，我这一生命不好。"杏花嫂喝了一口我递上的水说，"这人的一生，就似打墙的板，上下轮着翻啊！"

我耐心地听了杏花嫂的诉说，答应让她先试着干。我还特意给她安排了容易打扫的行政楼后院，叮咛后勤人员多关照她。而她恳求我，要去打扫学校的操场。我说那儿要干的活多且重，怕她的身体撑不下来。她说，学生活动多的地方生活垃圾就多，她就能多捡拾些废品。

我看着眼前的老人，当年那时尚风光的模样又浮现在我的脑海中……

纪事

乡村学校

理想的翅膀

过去，王燕子家里穷，缺吃少穿。她爹娘忙着家里家外的活儿，也顾不上打扮燕子。她穿着补了又补的衣服，一头乱发像鸡窝似的。

燕子九岁才上小学，她爹娘心里装着日子，压根就没想让她上学。上学是燕子强行争取的。在校园里，因为燕子邋遢，同学们都不和她玩，有时还会取笑她，叫她"毛头女子"。她向老师报告，老师却批评她烂事多。

燕子上三年级时，班主任吴老师组织召开了一次以谈理想为主题的班会，要求班里每个同学都得发言，谈谈个人的理想。

"我要好好学习，长大后当一名中国人民解放军，去保卫祖国。"

"我长大了，要当一名煤矿工人，给祖国挖很多的煤炭。"

"我要当一名汽车司机，开车为人民服务。"

"我要当一名售货员。"

……

同学们踊跃发言。这时，坐在前排的燕子举起了手，可是吴老师好像没看见她似的，燕子就仍举着手，还喊了几声："老师！老师！"老师听见后，不悦地说："王燕子同学，你有啥理想，讲吧！"吴老师脸上的表情复杂而古怪。

燕子就怯生生地站起来，眨动着那双水汪汪的大眼睛，兴奋地说："老师，我的、我的理想是当一名人民教师。"

听了燕子的话，吴老师脸上的笑容卡住了。他说："王燕子，你每次语文考试成绩都不及格，凭啥当教师呢？"吴老师的话，说得燕子羞红了脸，她低下头，不敢抬头看同学们。

同学们一阵哄笑，燕子的眼眶里有了泪水。放学回到家后，燕子把这件事告诉了爹。爹说："你就是考试不及格嘛。你要当老师，先要当好学生。干啥事都得有真本领，你用功学不就行了。"听完爹的话，燕子点点头，用力抹去脸上的泪水。从此以后，王燕子就像变了个人似的，少言寡语。在课堂，她也从不敢举手发言、向老师提问题。上四年级后，燕子就去了邻村完全小学上学。

时间过得很快，燕子初中毕业后，以优异的成绩考入了市里的师范专科学校。三年后，她从这所学校毕业被分配到家乡镇上的中心小学任教。

燕子老师在一次谈理想的主题班会上，要求班里每个同学都得发言，畅谈个人的理想。

"我长大了，想当一名飞行员，驾驶着飞机，在祖国的蓝天上翱翔。"

"我要好好学习，长大后，当一名公务员，为人民服务。"

"我要当一名工程师，为家乡人民修路架桥。"

"我要当一名医生，为病人治病，救死扶伤。"

……

同学们发言都很踊跃，燕子老师给每个同学鼓掌加油，鼓励他们："你们是好样的，我相信你们一定能实现自己的理想！"

接下来，燕子老师又问："还有哪个同学没有发言？"

坐在教室最后面的田春生低着头，红着脸。

"同学们，别急！田春生同学正在思考着自己的理想。"燕子老师微笑着，走到春生身边，用手轻轻地抚摸着他散乱的头发。

春生同学难为情地举起手说："老师，我没有理想。"春生同学说的是心里话，他是真没啥理想。他爹腿有残疾，吃穿都要人去照顾。地里的活儿靠他娘一人干，忙里忙外的。他觉得娘太苦了，就想着，等自己小学毕业了，回家帮娘下地干活，上坡砍柴。他时刻都在想着自己要快快地长大，替娘分忧。

燕子老师听后真诚地笑了，她说："春生同学真懂事，有孝心，有责任！请同学们为春生同学加油！"燕子老师接着说，"我相信，春生同学一定有远大理想的。"

教室里再次响起了热烈的掌声。燕子老师的脸上，浮现出一种发自内心的笑容。

多年后，一位来自省城某著名小学的校长，专程去看望了已退休在家的燕子老师。他就是全国优秀教师、省级特级教师田春生。他将自己刚出版的一部教研专著《理想的翅膀》，郑重地送给燕子老师。

燕子老师忙打开油墨飘香的封面，只见扉页上这样写道：

赠给我最敬爱的燕子老师：感谢您为我插上了理想的翅膀，使我走上了这神圣的讲台……

您的学生：田春生

燕子老师手捧着自己学生的书，脸上洋溢着幸福的笑容，她仿佛又回到了当年村里学校那难忘的岁月。

乡村学校

王文化校长年龄到了，就要退休了。

中心校给他办好了退休的手续，他随手往抽屉一扔，继续忙碌着。当下，管学生要紧。

清晨，在阳光跃上山头时，王校长按动电铃开始升国旗。《国歌》声中，他和两位教师、八名学生面向国旗，肃立致敬。最后，王校长做国旗下的讲话。他声音洪亮，唯恐高速路上穿行而过的汽车，淹没了他的声音。

上课，下课，自习，辅导，放学后，他依然认真地坚守着。

红岭小学建于 20 世纪 60 年代末。之前村里没有学校，王文化小的时候在对面的南岭小学上学，那是两个队合办的学校，办在南岭队上。上学时，南岭队的娃，趴在木板上，红岭队的娃，趴在土台上。那时年龄小，文化和伙伴们就去找队长告状，惹得两个队长吵了架。再说，两队之间，还有一条小河，到了雨季，小河一涨水，红岭村上学的娃就不方便了，都要大人们背过河去上学。

文化在南岭上完了小学，又去镇上上了初中，还考上了县上的高中；毕业后，他回到了村里。

"娃啊！你要争气。"队长拍着文化的肩膀，底气十足地说，"咱村上，就你一个把书读到高中了！"

那年秋天，一场连阴雨过后，南岭小学的房子垮塌了。为了维修房子筹措资金的事，两个队长闹翻了。

队长喊来文化，代表全队贫下中农写了份申请报告，强烈要求办自个的学校。夜晚，队长带着文化提着马灯，沿着山路，赶到公社，找到文教专干，递上申请报告，介绍了村里的孩子上学难的情况。不久，办学的事也就落实了。

"人民教育人民办，办好教育为人民。"教育专干这样说。文化至今还记得清清楚楚。

红岭小学因地制宜就办在村东头的破庙里，六十几名学生，五个年级，文化一个人教。桌凳不够用，他从家里扛来父亲的棺木板子，自己加工；娃娃多了，他一个人忙不过来，队上会计就来给他帮忙。

"山、石、土、田，日、月、水、火……"有了琅琅的读书声，山村就不再寂寞了。

学生逐年增加，20世纪80年代中期，在校学生达到了一百六十名，教师增加到了九名。村民们投工投劳，捐钱捐物，集资兴学，齐心协力，把学校从村中搬了出来，建到了山梁上。校园规模大了，操场宽阔了，课间孩子们玩着游戏，追逐着，似一群快乐的鸟儿。

再穷不能穷教育，再苦不能苦孩子。队上又一次掀起办学热潮，拆了土房子，建起了亮堂的教学楼，学校成了山坳里的风景，让人羡慕赞叹。分配来的教师年轻活泼，琴棋书画，样样都行。从此，校园里的读书声伴着琴声、歌声、笑声，在山峦间回响。

六一儿童节到了，山下的校园，红旗飘飘，锣鼓喧天。一些献爱心的团体、个人，络绎不绝地从城里赶来。闭塞的山村校园充满了爱与关怀。

站在校园里的王校长，脸上漾着笑容。看着被爱心包围的学生和充满活力的教师，他心中升腾起巨大的满足感。他把在全市优秀教师表彰大会上颁发的奖杯和证书，让每个教师看着抚摸着，心里甜滋滋的。

"这是大家的荣耀！"校长真诚地对大家说。他很激动地拿出手机，让人们欣赏记者采访他的照片，并重复着他面对记者镜头时的承诺：学校有学生，我就选择坚守！

送走了一届毕业生，又一个暑假就要结束了。王校长通知两名教师到学校安排假期学习培训。组织他们学习上级文件，谈感想，讲体会，他再一次讲起红岭小学的历史和发展，说要坚持把学校办下去，要对得起黄土之下的老队长和土梁上埋着的先人们。学校上学期八名学生，毕业了三名，还剩五名了。守住他们，再动员新生入学。

夜晚，王文化在村里走东家，访西家，谈着教育，说着孩子上学的事。他主要还是想掌握这五名学生是否有转学的动向，走了几家人，得知因种种原因他们都走不了，他心里才踏实了。他还得知，张婶嫁到山那边的哑女，女婿是个残疾，家距离镇上远，孙子毛旦七岁了，还没上学。他就给张婶表态，自己明天赶过去，把娃接过来住在外婆家，在村里上学。上学是大事，耽误不起。

噼里啪啦！噼里啪啦！噼里啪啦！

村里又响起了鞭炮声。王文化听到了，激动地循声而去，看是有年轻人结婚，还是有人给娃过满月。有了村里的学校，就有了盼头，有了希望……

迎春花开

程宏发是企业家。去年，他返乡投资创办了现代农业综合开发公司，种植花木、果蔬，发展生态农业。今年，为了扩大公司规模，他又与镇政府签订了合同，征用了红岭小学的校园。

程宏发手拿盖有镇政府红印的合同，来校园里施工，被看守校园的校长王文治骂出了门。王文治当了三十年的校长，是宏发的启蒙老师，骂自己的学生理直气壮。

三年前，红岭小学撤了，教师们都分流了，就留下了空空荡荡的校园。王文治校长和赵守信老师自告奋勇看守校园。他说，有他在，谁也别想打学校的主意。无奈，程宏发请我回老家去，帮他做老校长的工作。我俩是同学又是好朋友，我就答应了他。

那天，我踏进校园，映入眼帘的是一簇一簇的迎春花，清香扑鼻。两位老师看见我，无比激动，招呼一番后，就领着我们在没有了学生的校园里边走边回顾红岭小学的历史。红岭小学原名灯塔小学，新中国成立前，由于特殊的地理位置，秀岭之上这座庙就成了地下党组织秘密活动和联络的场所。为方便开展工作，党组织筹办了灯塔小学，由地下党员康文贤任校长。他是护送一位首长从湖北那边过来，留在这里的。学校又聘请了当地两名教师，边教书，边从事着革命工作。革命胜利后，康校长不愿做官，仍坚持在学校任教。

20世纪60年代末，在我上四年级的那个深秋，绵绵的阴雨下了长达二十多天，河水猛涨，山体滑坡。那天，康校长正在为我们上作文课，突然，山坡上滑下的泥石流涌向了教室西墙。靠东墙坐的同学翻窗户逃了出去，靠西墙坐的我和另三名同学（其中就有程宏发他爹），看着墙在垮塌就傻站着，来不及逃。这时，只见康校长冲过来，伸手用力把我们四个按在了木板下，让我们蜷缩着。瞬间，教室就垮塌了。当人们把我们救出来后，我和程宏发他爹受了点轻伤，那两名同学，一个腿骨折了，一个胳膊压断了。而康文贤校长被一根木料砸中头部，永远地离开了我们。

恢复高考那年，我选择了师范学校。毕业后，我选择回到红岭小学，再未离开过。

"唉！"王校长叹着气，泪水充盈在他的眼眶。他说，"学生没了，学校也就没能保住。回家养老、管孙子，我又说服不了自己，所以就守在学校里"。

王校长和赵老师是同学。过去，赵老师是负责学校后勤的副校长，两人在一起共事几十年。赵老师对此有点不乐意，但又拗不过王校长。

"死心眼，不开窍，我看你是校长还没当够。"赵老师数落着王校长。

他的话点燃了王校长心头的怒火，他跺着脚骂赵老师："你个没心没肺的家伙，端了一辈子公家饭碗，还没喂熟你？"

就这样，他俩就住在学校里，无论刮风下雨，都不动摇。像上班一样，每天准时，打开校门，清扫卫生，修剪树木。王校长闲着心慌，就把学校教学用过的旧物件收拾起来，造册登记，一件一件摆放在空教室里。他常向人们说，城市的发展像漫过水坝的水，每时每刻都在向外漫延，有朝一日，也会漫延到咱这岭上，村里的学校也会重生的。

这几年，盯上校园这块地的人不少，有想建养殖场的，有想建山庄别墅的，还有想建化工厂的，他都尽一切力量阻挡着。我告诉王校长，程宏发想聘请他担任企业的高级顾问，每月给他发工资。

"我爱钱吗？"王校长听了我的话，重重地甩过来一句话，"我两年前都退休了，看着工作了几十年的校园突然没了学生，心里有一万个不舍。20世纪八九十年代，咱这乡上大大小小的学校十四五所，学生把校园撑得满满的。这些年，村民们向外跑，生源少了，学校也就没了，秀岭上再也听不到琅琅的书声。"

赵老师打开学校会议室的门，让我进去参观。这三年，他俩走遍全乡撤并的学校，从倒塌的校舍里搜寻到的校牌、风琴、黑板、书柜等，琳琅满目，从上课下课用的半块铁犁片，到手摇的铜铃，再到生铁铸造的钟，再到后边的电铃……

王校长有个心愿，他想建个乡学博物馆，把乡村学校所有的旧物件，陈列出来，让那些老校友们回来看看，记住他们曾经的乡村学校。他还计划把学校后梁上那三亩荒芜了的土地开垦出来，种瓜种豆，让城里学校的老师带领学生们来这里上劳动课，体验田园生活。他想，如果给红岭小学挂上城里实验小学的牌子，那就更好了。聆听着王校长的讲述，往昔乡村学校欢乐的时光，一幕一幕在我脑海重现。

走出会议室，绕过花园，我们踩着青砖小道来到了康文贤校长的坟前。坟茔被迎春花的枝条藤蔓一年又一年编织得密密实实，黄灿灿的花，在春风里盛开着。我们默默地站在坟前，向康校长深深地鞠了三个躬。当我抬头看见王校长已泪眼婆娑时，我顿时没有了说服他的信心。

夕阳挂在天空，金灿灿的余晖洒向校园的角角落落。我和老校长漫步在夕阳里……

一年后，市实验小学基地的牌子，挂在了红岭小学门上。

小强上学

小时候的王自强，在村里人们都叫他小强。村庄在秦岭腹地的山里，那里山高路陡，出门就爬坡。学校在村子西边的山坳里，小强和小伙伴们上学要上梁翻沟走五六里弯弯曲曲的山路，极不方便。春夏秋冬，风霜雨雪，都是如此。

小强是班上的班长，也是上学路上的路长，他带领着村里的同学们排着队、唱着歌，欢欢喜喜地去上学；放学了，又高高兴兴地回家来。

春天，小强和同学们背着书包，迎着早春凛冽的风，快乐地走在山间小路上。夏天，山里的天气变化快，上学放学的路上，突然而至的狂风暴雨，常常把学生娃们淋成了落汤鸡。为了避雨，学生娃们就钻进山洞里，有很多次，在洞里遇到了毒蛇，女娃娃被吓得直哭。小强和几个男生用捡来的一根木棒，硬是把蛇驱赶走了。秋天多雨，一旦下雨，学生娃们就光着脚在泥泞里走。最难的是冬天，天黑得早，明得迟。小强上学兴致高，公鸡在屋檐下的鸡笼里打过鸣后，小强就趴在炕头的窗户上，向窗外边仔细看，见东方泛起鱼肚白时，他就穿衣下炕、背上书包出了门。他吹着哨子，在村巷里喊着爱睡懒觉的小伙伴，敲打着各家的门环，让他们快点起床。村口的大槐树下，小强整理着队伍，让同学们报数点名，待全村同学都到齐了，大家就唱着歌向山梁西边走去。嘹亮的歌声摇醒了沉睡的山村，惊醒了梦中的人们。

在上五年级的那个冬天的一个晚上，风刮了一夜，天明时分，天上又飘起了雪花，小强推开屋门向外走时，地上已经覆盖了一层薄薄的白雪。与往常一样，同学们在村口的大槐树下集合，站好队，唱着"高楼万丈平地起，盘龙卧虎高山顶……"出发了。

上到山梁上，突然从北边的树林里窜出了三只狼。开始，同学们以为是村里的大灰狗，就喊叫着"大灰！大灰！"喊了几声，发现那三只家伙没有反应，就有聪明的同学认出是狼！大家齐声喊："狼——狼——狼——"

在娃们的喊声里，狼拉长了尾巴，抖动蓬松的尾毛，锥子般的目光嗖嗖向学生娃们飞来。胆小的同学哭声一片。小强听大人们说过狼怕火光，他就从书包里拿出火柴，让同学从路畔的玉米秆堆里抽出了风干的玉米秆点燃。果然，狼就加快了步子。

村里的大人听到娃们嘶哑的吼叫和哭声，就扛着铁锹，拿着长矛，吆喝着村里十几只狗向山梁上奔来。那三只狼惊慌失措，快速地向南坡下的沟壑奔跑。

狼跑了，大人们也都散了。小强指挥同学们重新排好队，身高的同学排在队两头，中间夹着小学生，他们唱着歌儿继续向学校走去。

后来，同学们上学去，就听大人的话，由小强和几个男生轮流从场院里拿上麦草，做成火把带上。冬季天不亮时，就把火把点燃，这样既能照亮，也能吓唬狼，给同学们壮胆。

那时候，大人们忙着干地里的活，忙着日子，很少有人会操心娃娃们上学的安全。小小年龄的学生娃，早早就得到了锻炼，个个都很勇敢，很少让大人们操心费神。

放学后回到家里，大孩子就帮家里干活，下地割猪草，上山砍柴，年龄小的孩子就赶着羊，去山梁上放羊。小学毕业后，小强就回到村里帮父母挣工分，成了家里的劳力，再也没能去上学。

几十年后，曾经的小强——进入老年的王自强，告别大山里的村庄，住进了城里的单元楼，行走在车水马龙的大街上……

王自强每天的任务是接送上幼儿园的孙子。

"爷爷！你们那时碰见狼，怎么不打电话叫警察叔叔，他们有枪。"孙子豆豆疑惑地问爷爷。

"傻孩子，那个时候，没有电话啊，咋能喊来警察叔叔。"

"豆豆，九月份你就要上小学了。学校距离咱们家里要好几站路，爷爷就送不了你了。"爷爷用手抚摸着孙子的头。

"不！我要爷爷送！就想听爷爷给我讲上学的故事。"豆豆小嘴噘着，很不高兴。

"爸爸会开车，送你上学去安全。"

"不！爷爷送我才安全。"豆豆说。

爷孙俩边说边随着人流往家走……

谎言

我讨厌说谎的人。可是，多年前，我在村里的学校任教时，对一个叫石娃的学生家长说了谎。

20 世纪 80 年代初，山村偏僻闭塞，学校就是村里的文化教育中心。村民们喜欢到学校里来转悠观看。他们也喜欢把村里发生的事当故事来学校讲。

那些日子，村里人议论最多的是石娃的媳妇芳芳，说那女人没心没肺的，把好日子过烂了，不是省油的灯。

石娃父母在世时，家里粮食满囤，牛羊满圈，不缺吃穿，日子过得舒坦。当年芳芳就是冲着石娃家的家境好才嫁过来的，也过了几年安逸的日子。但石娃的父母过世后，家里的日子就走下坡路了。两口子好吃懒做，几年间，把父母给留下的家当都变卖光了，缺粮吃，少衣穿，娃上学的学费都没啥交。马瘦毛长，家穷事多，芳芳也就不安分地与集镇上那些坏人勾搭，身上穿的衣服都是别人送的，两口子吵架、打仗就没断过。

那年秋收时，芳芳给石娃说，她跟镇上的人去渭北挖花生，下苦挣钱。石娃想着媳妇终于觉悟了，也就让她去了。

两个月过去了，芳芳还没有回来。石娃牵着儿子，鼻涕一把，泪流一行，找包工头要人，那人说他只负责叫人干活，回来不回来，与他没有关系。

"没本事，守不住老婆。"包工头还骂石娃。

芳芳真的不过这穷日子，跟人跑了？石娃多方寻找，都没有结果。他伤心透了，躺在土炕上，用被子蒙着头，哭成了泪人儿，好些日子都不出门。

石娃的儿子就在我带的班上。我知道了情况，就更加体贴这个没了娘的孩子。他没笔了，我给他一支笔；学费交不了，我就给他垫上。

冬日的夜晚，石娃来到学校，轻轻地推开我办公室的门，神秘地告诉我，村里打工回来的人给他透了个消息：在渭北黄河边上的一个村子里，见到了他的芳芳。

石娃说，听到这个消息，他几夜都未合眼，心里全是她。芳芳离家走时，他恨死她了。过了这几个月，他也不那么恨她了。

"我不想她，就是儿子睡到半夜三更，'娘！娘！'喊得我心里难过。"他蹲在炉火旁边，哭泣得像个孩子。"唉！只要芳芳肯回来，我也不责怪她。她就是那野性子，爱张扬。"

我给石娃递上了杯热茶，控制着我的情绪，不想让他再陷入悲伤中。

"她回来了，这一家人就团圆了。儿子上学了，给娃缝衣服、做饭就不熬煎了。"石娃又说，"人这一生很短，邻居的钢娃，刚过五十，就脑梗了，他健康时把老婆打了半辈子，现在还要靠老婆吃喝。老婆烦恼了，打他几下，他只知傻笑，爱与恨，他都是用笑来表达。想想这人活着都是遭罪。"

我认真地听着，安慰着石娃。

"我能感觉到，你是最能看得起我的人！"石娃说得我都有些惭愧。

我点点头，没有说话，思考着咋样才能帮他。他的实诚打动了我，我答应帮他去找芳芳。

于是，那些日子里，石娃每天都来学校。我知道，他是在催促我。学校放寒假的前一天晚上，我叫他来我办公室，告诉他过了春节我要去市教育学院进修，到时候抽时间一定去渭北帮他把芳芳找回来，让他等着好消息。他听后兴奋极了，说他以后一定要报答我。我让他好好过日子，等着芳芳回来。

过了正月初六，我如期来到市教育学院学习。在休息日，我去了趟渭北农村。

在同学的引领下，我找到了石娃说的那个村庄，找到了芳芳所在的那户人家。可是她藏了起来，任我千说万说，就是不肯见我。万般无奈，我就托同学找当地有威望的人做她的思想工作，劝她回家。

学校春季开学后，我见到了石娃，因不忍心伤害他，就没敢给他实话实说，情急中编了个谎言。

"我见到芳芳了，她对我很热情，还给我保证她愿意回来，但有个条件，就是要你把日子过成、把儿子管好，还要让娃坚持上学读书。她一定会回来的。"我严肃地对石娃说。

"有良心！"石娃听了，挠挠头说，"那我心里就有底了。"

　　石娃对我说的话坚信不疑，很感激我，我也就趁势说道："过日子要有心劲，你认真谋划、好好干，相信芳芳一定会回来的。"

　　石娃走出了校园，低头走路的他抬起了头，脸上挂着笑容。

　　那年秋季开学时，我调离了那所学校，去外地的学校任教。但我心里仍挂念着石娃家的日子。多年后，我听人说，石娃把日子过成了，养羊养牛，收入不少；儿子也争气，坚持上学读书，又考上了铁路职业学院，毕业后在铁路工程局找了份工作。几年后，当上了经理，还把石娃接到了城里住。石娃和老婆住进了单元楼。

　　不过，听说石娃的老婆并不是芳芳，而是个年轻漂亮的女人，两人恩恩爱爱，和和美美。

支教

当秋染大地的时候，阿丽来到了秦岭山下的这所学校支教。这儿原来是所初级中学，拥有上千名师生，规模不小。这些年附近村庄的住户大多迁走了，上学的娃也逐渐减少，就成了现在的向阳小学。现仅有八名教师、三十三名学生。教师年纪小的都五十三岁了。

"你来了，就好！"李校长今年五十六，颧骨很高，两鬓斑白，脸色暗淡。他热情地接过阿丽手里的拉杆箱，招呼她进房子坐，又安排其他老师刷房子、打扫卫生。

下午，在全体教师会上，李校长向大家介绍了阿丽，并安排她临时负责学校教学工作，原因是教导主任王老师住院了。阿丽爽快地答应并表了态，接过了教科书。

她走进课堂。见是新老师上课，学生们都出奇地安静，阿丽倒有点不自然。她向同学们介绍了自己后，开始讲课文，与学生进行互动，激活了课堂气氛。

太阳落下山梁的时候，阿丽就随着孩子们去了附近的村庄。她满心好奇地想了解这里的一切。她走进学生家里，问孩子在哪儿写字学习，放学回家能不能吃上饭等。这些留守在村庄的孩子们各有各的难处。家长渴望就近上学，更渴望有好的老师，他们怕误了孩子的前程。

阿丽这次原本是为了评上高级职称才来支教的。在七月份学校职称评审工作开始时，她信心满满地递交了个人申请和相关材料，但经过学校评审和几轮筛选，她又没通过评审。

上级给学校分配了九个指标，经过个人申报、递交材料，学校评审组评审，阿丽综合排名第十一。去年，分配给学校六个指标，她综合排名第八。评聘职称的条件、积分办法、分值几乎每年都在变，更要命的是"有支教经历的教师优先"这一条，她就不符合。

前几年，上级文件规定必须在核心期刊上发表论文，她就下决心写论文；而支教，阿丽申请了几次，校长都说她是学校的骨干教师，年年担任着班主任，离不开。她也很珍惜"骨干"这个荣誉，于是就听从组织安排，认真工作，埋头苦干，以大局为重。在学校忙上课、辅导自习、批阅作业，还指导青年教师，迎接上级各种检查，教学观摩，件件工作她都不甘落后，因为，他们是名校，她也因学校而骄傲和自豪。

阿丽早出晚归，整天奔波在校园里，送走了一届又一届的学生。生活和工作的重任，使她过早地失去了昔日绰约的风姿。粗糙蜡黄的皮肤，掺杂了银丝的头发，使她已感到了人生的凄凉。

评职称，支教；支教，评职称，这是一道单项选择题。那天阿丽走在大街上，穿过熙攘匆忙的人流，反复思考着答案。她自言自语地走着，过往的行人，似乎也都在看着她的狼狈相。

进了家门，丈夫已经做好了晚餐，在等着她。她脊背酸疼，看着桌上丰盛的晚餐都没有食欲，也没有力气去吃。她总有大哭一场的冲动。

"你就知道做饭？笑！笑！笑！"她把怨气撒向了丈夫。

"嘿嘿！"他仍向她微笑着，似做错事了的孩子，茫然地站着，"那你还要我咋的？"

"你说，为什么我每次评职称都评不上？我什么时候才能成为高级教师？"她问道。

"你就是高级教师！在我心中，你早已经是高级教师！"他不是奉承她，而是真诚地这样认为。

"你这么说有什么用？"她怼吼着他，"你说了能算数吗？"

他搓搓手，在脑子里搜寻合适的词，但思来想去，没有再说一句话。他能说啥？他就不明白阿丽为什么也会那样在乎职称。他在客厅站着，不知该干啥。

他的真诚、无助又使她内心不安和自责。他在军营生活了十多年，转业到地方工作。给他说这些，他能懂吗？能弄明白吗？

暑假里，她关掉手机，把自己禁锢在书房里，赶写了几篇有分量的教育教学论文。丈夫心甘情愿地包揽了一切家务，给她洗衣做饭。

通过两次参评职称，阿丽认识到，教学工作很重要，但支教、论文，也都要两手抓。她觉得自己需要补上"支教"这一课。她下决心开学后就申请去支教。

学校同意了她的申请，她被派到了向阳小学支教一年。在学期中，李校长正上课时，突然晕倒在讲台上。他被送到市中心医院急救后，确诊为肝癌晚期。其实这两年里，李校长就小病不断，身体不断地消瘦。他肩上有学校的全面工作，还给六年级代语文课。他总是怕耽误了学生，每次只在诊所开点药吃，硬扛着。

阿丽主动接过了六年级语文课。她心里五味杂陈，李校长病痛的阴影在她心里纠结，搅扰着她的情绪。她把一切精力都倾注在孩子们身上，与他们一起学习、做游戏。

在学期将要结束时，传来了李校长生命到了尽头的消息。阿丽茫然地站在校园里，脑海里李校长那尽职尽责的模样清晰可见。她站在李校长曾经站立的讲台上，走过李校长家访时走过的小路、跨过的小桥，心里亮堂了许多。那些曾经围绕她的一切光鲜的荣誉、职称……都让泪水淹没了。

放假那天，在学校门口，学生和家长们围住了阿丽："老师，你下学期还来吗？"

她的眼眶里盈满了泪水，没有回答他们，但她久久地站在校园里，不忍离去……

名师小花

　　小花是个普通的山村教师。她就像家乡路畔、田埂、山梁上随处灿烂的山花一样，坚守着乡村教育。前几年，因农村学校撤并，她幸运地搭上进城的末班车，成了市里重点中学的教师。她不敢相信这是真的，以为自己就永远在这山坳里花开花落了。

　　小花工作起来执着认真，学生们都很认可她，她的教育教学成绩节节攀升。可学校每年评优选先总是没有她，她常常为此苦闷、彷徨、想不通。她找年级组长、教导主任、校长寻问原因，可领导们像早就商量好了似的，一个腔调对她说，年轻人要踏实工作，别老惦记着荣誉。她就不明白，干工作时就想到了她，哪个班管理难度大，就分配给她；什么工作没人干，就推给她。上级示范学校评估、文明校园创建等都要她加班加点，校长夸赞她对数字敏感，逻辑思维能力强，让她整理各种资料。那优秀教师咋就没有她？每每想到这些，小花的眼里就蓄满了泪。她对工作没了干劲，对生活也感到茫然。

虹是小花的同学，在政府部门上班，是单位的科长。虹在上学时就是同学们公认的"假小子"。她知道了小花的困扰后，也很气愤，说要为她鸣不平。在虹的心里，小花早就应该是名师了，可现实让她们很失望。

虹鼓励小花把自己的工作情况写成文字材料，通过她转交给县委分管教育的副书记。小花也没有多想，回家后一口气写了上万字，连夜发到了虹的邮箱。发完，她长长舒了一口气，就倒在了沙发里。但心里却忐忑不安。她对自己这样的做法有些怀疑，这毕竟不是她的初衷，但现实又让她无奈。她如今五十出头了，没有被评选为优秀或先进，职称就评不了；职称评不上，待遇就上不去，个人问题一塌糊涂，生活前景一片茫然，她就觉得自己的人生很失败。

一周后，学校通知小花去县教体局，局长亲自接见了她。见到局长，小花就感到亲切。局长没有横眉冷对，而是很真诚地批评她：你这么优秀的人，教体局组织的各项教育教学活动，怎么就没听过你的名字？你啊，只知埋头工作，不知道展示和宣传自己。现在已接近年终了，这个年度的评优树模工作已经快结束了，以后评优选先一定要优先考虑你这样的好同志。局长还打开笔记本，仔细记下"王小花"这个名字。局长还感叹地说，无论在什么时候、什么情况下，我们都不能忘记基层这些默默耕耘、无私奉献的老实人。

"局长，有您这话，我就知足了！我给局长您添麻烦了！"她心里美滋滋的，压抑在心头的阴霾一扫而光，一切都释然了。在小花起身告辞时，办公室王主任送来了一份文件，让局长阅审。局长叫住了她，微笑着说："区妇联给咱教体系统分配了一个参评好媳妇的名额，这个我看你就合适啊！"

"局长，这个我就不用了！"她说。

"没事！我让办公室转到你们学校，并通知校长让他立即按程序申报。"

"我真不要！"小花说得很坚决，"我单身已经多年了。"

局长很尴尬，笑容僵在了脸上。

"那好，开年后，表彰的荣誉多，你把我微信加上，有事常联系，也好让我向你这位名师学习学习。说句心里话，我从基层乡镇到教体局工作，在教育教学方面还比较生疏，还是个外行，要多向你们这些名师学习呢。"

局长就是局长，办法永远比困难多。加了局长的微信，小花出了机关办公大楼。湛蓝的天空，白云朵朵，这是她在这城里生活这么多年，见过的最蓝的天。

有了局长的微信，小花就把自己每天工作认真梳理并编辑后发在微信朋友圈里。为了突出高度，她参考网上一些名师工作室的博客内容，借鉴名师们的经验，指导自己的教学实践。她想，自己在行动上一定要向名师看齐。努力！再努力！

在微信朋友圈里，看到局长给她点赞，小花就心花怒放、美滋滋的。她坚持每天编发，雷打不动。双休日，没有教学活动的时候，小花就转发一些关于教育理论前沿的文章、写一些教育教学感悟。她从不发负能量的或游山玩水的，或小女人小情调的内容，她觉得那太低俗了。她要进步，她要实现人生的转折和提升。

学校的教育教学、教研教改，小花都积极地冲在前列。她代的学生综合能力测试也名列前茅。学生家长们联合给小花送来了鲜艳的锦旗。她把和家长们的合影发到微信朋友圈里，点赞留言都刷屏了。

这些日子，让小花郁闷的是，局长很久没给她点赞了。她告诉同学虹，虹笑了：局长的朋友圈里上千人都不止，他要工作要生活，忙得分不开身，所以不点赞也正常。你就发你的，别管别人在意不在意。做啥事，贵在持之以恒。要相信，你已经是名师了。虹的一番话，又让小花欣欣鼓舞。

一年后，小花在全县优秀教师表彰大会上见到了局长。他已荣升为县级领导。他祝贺小花获得优秀教师称号，还亲自给她颁发了奖牌。

为了孩子

秦健和王文是同学。他们从师范学校毕业后，被一起分配到了红岭中学任教。两个帅气的年轻人走进校园，校长脸上乐开了花。他忙前忙后地给他们安排着住处、让灶房的烧水工帮他们打扫房间卫生。几年了，这所学校都没有分来过新教师，见有新人分来，教工们都很稀奇，也很热情。

学校安排秦健和王文分别担任初一两个班的班主任。上岗就让带班，这在塬下学校任教是根本不可能的事儿，可见山里学校多么缺教师。他俩就珍惜这难得的锻炼机会，踊跃接受了工作。压力就是动力，两位年轻人主动请教老教师，虚心学习，努力工作。

然而，意外的事件发生了：初一（2）班一个学生出走了。班主任是王文。这个孩子有厌学情绪，多次迟到、旷课，拒交作业，王文就狠狠地批评了他，罚站了几次，孩子非但没有交作业，反而离家出走了。

　　孩子的爷爷气势汹汹地来到学校，找到班主任王文，说孩子出走是老师教育方法不当而导致的，要求学校承担责任。老人家大吵大嚷，脸上写满了对学校的愤怒。年轻教师王文不知所措，立即报告了校长。

　　在全体教师会上，校长严厉批评了王文，说他教育方法的确存在问题，要求他认真反思，写出书面检讨。这件事对年轻教师王文产生了巨大压力，他十分沮丧和悲观，都有了辞职的念头。

　　"校长，孩子出走是我上课时发现问题后批评他而导致的，我有责任。"秦健找到校长，要求承担责任，他给初一（2）班教数学。王文欲说什么，被秦健坚决地制止了。

　　秦健带着王文，买了糕点和水果，去那孩子家了解情况。他们得知孩子的父母在外打工，平时他和爷爷奶奶一起生活。那天，孩子回到家给爷爷奶奶撒了谎，说同学欺负他，老师瞧不起他，他上不成学了，要出去打工挣钱。孩子平日性情就烈，爷爷奶奶一切都宠着他，也就没有在意。第二天，才发现孩子离家出走了。

　　秦健和王文安慰着孩子的爷爷奶奶，分析孩子有可能去的地方。临别前，他们向老人要了孩子父母的电话，与在南方打工的孩子父亲进行了沟通，让他安心务工，并提醒他，如果孩子与他联系了，请别责怪孩子，及时把信息反馈给班主任。

　　他们告别孩子的爷爷奶奶，骑上摩托车，去附近的街镇寻找了孩子家所有的亲戚家以及塬下的砖瓦厂、街镇上的饭馆……

　　几天的苦苦寻找，仍不见孩子的踪影，但他们没有泄气，仍然坚持寻找。

两个星期后，孩子的父亲打电话给秦健，说孩子在西安一家饭店打工，活儿又重又累，撑不住了，向他求救。可家长只知道在西安，具体位置却不清楚。秦健和王文就凭着家长给的一个固定公用电话号码，到电信公司查询，确定具体位置；再围绕着这部公用电话，在附近所有的饭馆寻人。三天后，他们终于找到了孩子。

星期天下午夜幕降临时，秦健和王文带着孩子回到了村里。他们推开他家的院门，把孩子交给了他的爷爷奶奶。老人早已没有了之前的凶劲，而把"感谢"说了无数遍。

两天后，爷爷牵着孙子，拿着村干部帮忙写的《感谢信》，来到了学校。他对校长说了很多感谢的话，把大红的《感谢信》双手交给了校长。校长立刻让门卫把《感谢信》贴在学校大门口。校长满脸荣光，以《感谢信》为背景，与他们爷孙俩合影留念。安静的校园，顿时热闹起来了。

晚自习后，王文拿着写的检讨，找校长汇报自己的思想。校长满面春风和蔼地与王文交流班级的管理方法，畅谈着自己的教育理想。

几天后，在《秦东晚报》头版刊登了一篇题为《一个都不能少——为了一个辍学的孩子》的通讯，报道了红岭中学在控辍保学方面的先进事迹。同时，校长还接受了市电视台的专访。后来，还在全县教育系统管理干部大会上做了经验交流。

这次事件后，两名年轻教师的教育教学能力和班级管理水平都有了提升，受到师生和家长们的夸赞。两年后，秦健成了学校的中层，王文也获得了优秀教师的称号。两人常聚在一起，交流思想，探讨教学方法。

几年后，校长荣升教育局副局长，秦健当上了校长。在他们为老校长送别的酒宴上，校长喝高了，拉着秦健和王文的手深情地说："我能取得今天的成绩，你们俩一个都不能少。"

后来，王文获得了高级教师职称，成为县政府命名的教学名师；秦健被选调进城，成了名校的校长。

一双棉鞋

那年，我被调到王家寨小学任校长。屋檐下的钟声响了，我去各班检查学生自习情况。当走进三年级教室时，我发现讲台边站着一位男生，他黑瘦的脸上嵌着尖尖的鼻子，头发长而乱，成了个喜鹊窝，浓眉下一对大眼睛，透着灵气。我问他叫啥名字，他头一晃，极不情愿地回答：李亮亮。我问他为什么站着，他不说。班长告诉我，他不做作业，拽前边女生的辫子，惹得班里同学哄堂大笑。我批评了他，让他坐回座位做作业。就这样，在校园里，我看见他再没有和颜悦色过。他见了我，也就有点儿怕我。

入冬了，山里下起了第一场大雪，孩子们到校迟已是自然。我安排学校附近的学生，把校园里的积雪扫了，开始上课。上课十多分钟后，李亮亮戴着草帽，身上披着塑料膜从大门外走了进来，我没有批评他迟到。特殊天气，我让他快点进教室听课。

下课了，学生们雀儿一样飞出教室，在校园里快乐地追逐着、玩着雪。一会儿，有学生向我报告，李亮亮和同学打架了。

我走出办公室，来到操场上，罚李亮亮和那俩学生站在雪里。

"你们为啥打架？"我问亮亮。

"他俩踩我的鞋，还骂我。"李亮亮说着，委屈地哭了，"老师，他们几个欺负我，给我脖颈的衣领里灌雪沫，刚在那儿玩雪，他们踩我的鞋，还骂我妈，骂我妈……是懒婆娘……"他哭成了泪人儿。

我上下打量着李亮亮，只见他光着脚，穿着一双大人的棉鞋，后跟都趿拉着。我蹲下身子，用手捏了捏鞋帮，已湿透了。

"这是你的鞋吗？"我问李亮亮。

"不是，是我爸的鞋。我没有棉鞋穿。早晨起床，我爸先穿着棉鞋，把门口挑水的路，我上学的路的雪扫开，再把鞋脱下来给我，让我穿上来学校。"

听他说着，我的眼眶里就有了泪水。我转过身，批评了那俩学生，又把亮亮领到我办公室。我从床头的纸箱里取出了我入冬时买的一双旧军用棉鞋。那是我用上个月乡上发的生活补助费买的，花了一元五角钱。我让亮亮把湿了的鞋脱下来，把我这双棉鞋换上，他不肯。我劝他，小时候一定要把手和脚保护好，别冻伤了。我给亮亮看了我手上和脚上因过去冻伤留下的疤痕，又告诉他，手脚一旦被冻伤，每年到了冬天，都会发作的。

听了我的话，亮亮才难为情地脱下了已经湿透的棉鞋。我让他把我拿的棉鞋穿上，告诉他鞋要穿正，别趿拉着。我又把炉火捅旺，把他的湿鞋烤在炉子上。

我没有批评他，而是告诉他，同学之间要团结友爱，不能打架。

上课钟声响了，我目送他走进了教室。放学后，我把已经烤干了的他的棉鞋用纸包好，让他拿回家去给他爸穿。他要脱下脚上的鞋还我，我说服了他。后来，我也就更多地关注着这个孩子，鼓励他好好学习。

冬去春来，按照乡政府的安排，各大队分村组召开选民大会，抽调我去村上组织选举会。正好，我被分到了李亮亮的村上，我就特意到他家里去看他。原来，他母亲的手有残疾，做不了针线活，一家人身上的衣服、脚上的鞋，都靠年迈的外婆做。我想起了风雪中他脚上的那双棉鞋，心里一阵酸楚。

在学校里，我没有给李亮亮代课，但他在学习中有困难了，总要来问我。记得有一次，他还向我要了一本课外书，说他喜欢看。

亮亮小学毕业，升到了镇上的初中。我曾在去镇上开会的路上遇见过他几次。他一见我，就很亲热地跑过来喊我。我问他的学习情况，询问他代课老师是谁，学习有啥困难等。他身上穿的衣服，总是那样宽宽大大的，总觉得不合适。

几年后，我离开了村里的学校，到镇上的学校教书。李亮亮也从初中毕业了，我也就很少能听到关于他的消息。

1996年冬天，天气特别冷。在雪花飘飞的午后，乡邮员给我送来一个来自青海某部队的包裹，我急忙打开，是一双崭新的军用大头鞋。包裹里，还附有一封信：老师好！又到冬天了，我当兵已经两年了。一直有个想法，给您弄一双军用大头鞋，但部队有规定，大头鞋每人一双，三年后，可以旧换新。我把给您弄鞋的原因告诉了我的老班长，老班长很感动，他在今年退伍时把他的旧鞋送给了我。于是我才给您换了这双新的大头鞋……

余
晖

年初，王院长因年龄原因从教育学院院长岗位上退了下来。

在院长这个岗位上，他干了整十年。现在好了，退下来没有了工作压力，有了自己自由的时间。他有个计划，要把自己关于教师专业成长和课堂教学改革方面等几个专题研究报告，再调研、再完善，使其内容更充实、更接地气，真正起到指导、引领县域教师的专业成长，为区域教育均衡发展助力的作用，也算是发挥余热。

这些年，他在岗位上实在太忙，今天在这里做报告，明天又去那里讲课，气都喘不过来。十年来他也收获了不少：劳动模范、省级教育培训专家、先进教育工作者……各级的奖牌、奖杯能装几箱子。同时，他还培养了一批教学新秀、骨干教师、教学能手，在省市都是响当当的。

于是，王院长就走出学院，选定了几所学校，开始了有针对性的调研。

他来到自己曾工作过的镇上。当年，他在镇上任教时，大小学校有三十多所，学段从小学到中学，学生上万名。而现在仅有两所小学和一所初级中学，学生不足千人。他走进初级中学的校园，校长向他介绍了学校近年的发展变化情况。目睹着漂亮的教学大楼、先进的校园设施，他不禁感慨万千。他走进课堂，与教师们座谈，聆听他们的心声……

新上任的程创院长，是王院长一手培养出来的。王院长在乡镇学校当校长时，程创刚从大学毕业分配到他所在的学校。小伙子有能力，好学上进，工作有一股韧劲。他看好程创，就大胆培养，破格提拔，在当时，他冲破重重阻力，终于使年轻的程创脱颖而出、迅速成长。

暑假里，骄阳似火，教体系统各级各类培训如火如荼地进行。这个时候也是教职工全员培训的黄金时期。王院长在任时，每年到了这个时候，心里都有点恐惧，因为培训之密集，使他喘不过气。他想着，今年没有了学院管理的压力，要集中思考几个培训的专题，认真地去讲一讲。他想自己的报告一定是会有新意的、有突破的。酷暑中，他把自己禁闭在办公室里，翻阅资料，认真构思，制作课件。

办公室门被推开了，程创院长给他送来了茶叶和一套上好的茶具，陪他坐了坐，劝他别太劳累，高温天气到南山里避避暑。他听得出，今年的培训模式和培训内容似乎有大的调整。难怪了，暑假已过半了，他还没有接到培训的邀请函。他还在执着地想，新老人员更替，大概是衔接有问题了。但从程创的话里他能感觉到，培训工作的模式、培训的专家都有很大调整。他想，再发生变化，也应该给他安排一定场次的专题报告。

"唉！"他叹了声，倒了杯绿茶，坐下来，继续修改着他的《县域教师培训工作的定位》的专题报告。

太阳在薄薄的云层中落下，把柔和的余晖洒在大地上，校园被装扮得如诗如画。

在老伴的催促下，王院长拖着疲惫的身子走出办公室，绕过小区，径直向大门外走去。收破烂的小贩，趁着这阵凉快，正在门口整理收来的破烂，遇见都觉得很面熟，王院长向小贩点了点头。

这些天，小区的几个年轻人在外面买了新房，正在搬家。小贩们信息真灵，弄啥事就操着啥心，他在心里佩服这些小贩们，也就多看了他们几眼。

小贩的三轮车上，一摞崭新的书籍吸引了他。他近前伸手翻开书一看，正是自己去年刚出版的《教师专业成长方略》。这本书倾注了他几十年从事教育教学和教师专业成长培训工作的心血，有鲜活的案例，也有成熟的观点，都是他永远珍视的。

他掏出十元钱递给了小贩，认真地拎起那捆书，默默地离开了。

王院长高大魁梧的身影，被浓浓的夜色慢慢地淹没了。

闺蜜

蓉和虹是闺蜜。两人不分彼此，上大学时是同学，毕业后又分配在同一所学校任教。

男大当婚，女大当嫁。她们姐妹俩都有男朋友了。蓉的男朋友大鹏是公务员，在政府部门上班，年轻有为，前程似锦，是后备干部；虹的男朋友龙是教师，勤奋敬业，勇于钻研，在省级重点中学任教。

几年后，他们都结婚了。蓉的丈夫大鹏，从部门下派到乡镇当上了镇长，成了一把手，自然也就忙了。但不管大鹏多忙，一下班，蓉都来到虹家，与虹一起做饭、一起上街、逛商场，同事们都羡慕她俩浪漫潇洒。虹的丈夫龙爱学习，下班后，宅在家里翻阅资料，沉浸在自己的教育教学兴趣中。

几年后，大鹏当上了政府部门的局长，蓉成了局长夫人，常常要跟着局长在外应酬。蓉所在学校的校长为了方便蓉，给她调整了工作岗位，她离开了教学一线。从此，虹就难以见到蓉了，打过多次电话，让蓉来家里吃饭，蓉都说在外边陪大鹏吃饭。后来，虹也就不好意思再多联系了。

一次双休日，虹去找蓉，没能找到，打蓉的电话又无法接通，把虹着急得不知出了啥事。后来，她知道蓉去省城陪县长的夫人去了，电话也关机了。

同事们都在背地里嘀咕：女人，长得好不如嫁得好啊！偶尔，蓉会在校园出现，她的穿着打扮惊艳了校园，引来了姐妹们的围观。

蓉家里人来人往，门庭若市，三室一厅的房子都显得十分拥挤。于是，蓉就住进了高档小区。

虹依然普普通通，上课下课，重复着单调而平凡的工作。自从蓉搬到高档小区，她们之间的往来就更少了。因为不住在一起，局长家里也很忙，蓉身边的朋友在不断增加和更新，来往的不是副局长家属，就是办公室主任或科长的夫人。蓉没有空闲时间再和虹聊天，偶尔在校园里碰到，两人也只是热情寒暄一番，就又匆匆分开了。

周末，虹觉得自己好久没和蓉在一起说话了，十分想念蓉，就来到了蓉家。

蓉招呼着她，说话间，总是有电话打进来打断他们的话题。

一会儿，门开了。办公室主任带着几个人走了进来，蓉就急忙起身去招呼客人，给他们倒茶。站在一边的虹总觉得别扭而尴尬。

蓉和女主任有几个世纪的话要说，恰如当年和自己一般。虹有"话不投机半句多"的感觉，就起身告辞。尽管蓉再三挽留，虹总觉得待在这里就是受罪。此后，虹再也没有去蓉家的冲动了。

其实，蓉与虹两人间的距离，龙也发觉了，他只是不说而已。以前两家人经常一起去看电影、逛商场，时常小聚，现已经成了美好的回忆。这些变化，龙也能理解。他对虹说，当领导的也有他们的难处，咱们想通了，一切也都释怀了。

虹心情不悦时，常吊脸给龙看，她在心里想，都是因为龙的能力不如大鹏而造成这种局面的。局长虽不是什么大官，但在小城里，大小那也是个人物。自己没比人少胳膊少腿的，想到这里，她就把龙正在看的书扔到了垃圾桶里。

五年后，县上一名副县长因违纪被追究责任，也连累上了大鹏。大鹏离开局长的位子，到一个部门任了副职。小城人都传开了，虹知道后，就急切地赶到蓉家安慰她，给她做可口的饭菜。蓉的孩子已读高二了，虹就让龙给孩子补课，以免耽误娃的课程，影响高考。龙想，咱没有啥大的能耐，补课这事，还是能派上用场。

蓉也似乎回到了从前，见虹亲近多了。当蓉问到虹的职称和工资时，就责怪虹咋不早些提醒她，她如今快奔五的人了，职称还没有晋升。

虹淡然一笑：不用急，只要把工作干好了，往后一定会有机会的。

师生情

王敬业是位乡村教师，也是名文学爱好者。退休后，他把自己对乡村、乡学的眷恋用文字记述下来，发表在报刊上，获得了读者的关注和好评。于是，在大家的鼓动下，王老师把自己的作品汇集起来，出版了散文集《那年花开》。

新书出版了，王敬业在市艺术中心举办了新书发布会，邀请文友们品评分享他的作品。在一片赞扬声中，王老师给文友、同事、学生签名送上了自己的作品，诚恳接受批评指正。整个活动是由当科长的学生程刚组织安排的，简单而热烈，电视台、报纸都进行了报道。

从教一辈子的王敬业，不敢说桃李满天下，但也有不少学生。学生中有任县长、局长、科长、教师的，也有当老板的……每想起自己的学生，王敬业就兴奋和感动。他觉得就是买回来的这几百本书，也不是什么大事。

于是，王老师就把《秦东日报》为自己发的书讯转发在微信朋友圈里，并附了购书的二维码、联系电话。此后，他期待着有人联系他。

几天后，微信朋友圈就有百十名微友点赞、留言祝贺，王老师一一回复致谢；也有微友发来了私信红包，要求购书，王老师就在新书上签好名，邮寄给他们。

学生钱潇潇发来微信说要五十本书，请王老师签好名。钱潇潇是城关小学的骨干教师，也是全市的名师。她为王老师出书出尽了力，不仅帮老师校对、编排书稿，新书拿到手后，又在学校教师读书会上分享了王老师的美文。

这钱潇潇确实让王老师感动。她上学时就是班上的文体干事，工作学习都很积极。王老师由此想起了几个令他骄傲的学生魏龙、张鹏、王亚楠、李菲菲……

王老师给学生张鹏发了微信。这个机灵鬼，当年上学时，家距离学校二十多公里，他对他就特别照顾。张鹏家里特别穷，冬天冷了，他盖的棉被子太薄，王老师怕他挨冻，就把自己的暖壶拿给他暖床铺；他没有钱缴学费，王老师就替他缴上。张鹏上大学还是王老师担保从银行贷的款，才助他上完大学的。张鹏大学毕业后，去了南方发展，听说干得不错，当了集团副总经理，前年回老家，还在市里的高档酒楼请王老师和几个同学吃过饭。他还说，以后坚持每年回来，请老师团聚。不知咋的，这一年来，却没有了张鹏的消息。发出去微信半天没有反应，王老师就心情不悦。

学生魏龙是王老师班的班长，高中毕业后报名参军，几年后又考上了军校。前两年，他转业到市政府部门，担任一个局的副局长。他请王老师吃饭，酒桌上拍着胸脯说，在这城里没有他办不了的事情。王老师给魏龙打电话说自己出了书，魏龙顿了一下，说他给老师赞助两千元，书就不要了。笑容僵在了王老师的脸上，他快快地把电话扔在了一边。

又有人发来微信，王老师拿起手机，是一个微信名叫小虫儿的人联系王老师，说要买书。王老师怎么也想不起这个人就回了信息，问他是谁？对方回答，我是你的学生王柱子。

王柱子？王柱子？王老师努力在记忆里搜寻，半天还是没有什么印象。

"王老师，上次我们班同学们聚会时，我加了你的微信。我家就在学校后面住，我爸当时就在学校干清洁工，过去陪你下过棋。我现在在镇上开了家大型超市。"

王老师恍然大悟，拍了一下自己的头。他想起来了，那是一个木讷憨厚，长得憨憨的小伙子。去年春节，钱潇潇组织的同学聚会，邀请王老师参加，他也来了，在饭桌上很少说话。王老师急切地问："你要多少书？"

"二百本。"

王老师怀疑自己没有听清楚，又确认了一下："二百本？"

"是的，老师！我的超市生意兴隆，来往顾客多，我在超市里为您的书设个专柜，供顾客们阅读。咱镇上熟悉你的人和你的学生很多，大家都喜欢读你的文章。"王柱子进一步说。

王老师放下手机，走出小区。瓦蓝瓦蓝的天空，漂浮着轻纱似的云朵。此情此景，王老师又想起了他当年教学生唱的那首歌：

幸福的花儿心中开放

爱情的歌儿随风飘荡

我们的心儿飞向远方

憧憬那美好的革命理想

啊亲爱的人啊携手前进携手前进

我们的生活充满阳光充满阳光……

两天后，王敬业老师乘坐着学生程刚的车，拉着几百本书，开往他过去任教的镇上，去王柱子开的超市——他要去捐书。

母亲的教育课

我在乡村学校教书的时候，娘就特别挂心学校的事。每天我回到家里，娘就会给我说学校里哪个老师今天打学生了，谁今天没去学校上课去街镇上赶集了⋯⋯

娘说的这些话，都是在村里干活时听人说的。我听娘说了，在学校里教书就更用心了。

在学校里，我教的学生大多是我们生产队的孩子，同学们与我熟悉，也亲近我。每当黑夜来临，我家的小屋里就特别热闹，那些娃娃们不是拿着书本来我家做作业，就是问这样哪样的问题。煤油灯下，孩子们围成圈，我一心一意辅导着他们认生字、读课文、做计算题。

娘看到活泼的孩子们，脸上挂上了笑容。灯光暗了，她就用手上做活的针，把灯芯挑一挑，屋里就亮堂多了。这时，娘走进灶间给孩子们烧开水，还给他们一个一个倒上。然后，娘就轻手轻脚地走到墙角的暗处，摸着黑，坐在那儿小心翼翼地做手里的活儿。

期末到了，各年级先后进入复习阶段，学生们的作业都能自己完成，就没有学生来家里让我辅导了。娘就问我，山娃，这些日子，咋没有学生娃来？是你骂他们了，还是他们都学懂了？我告诉娘这是学校的教学安排，娃娃们现在都在复习旧课。

白天，娘下地干活；晚上，她回到家做没完没了的家务活儿。娘要强，自从爹病逝后，她就里里外外支撑着这个家，她能做的活儿，绝不让我去做。每当我伸手要帮她时，她都会说，快去看你的书；教书的人多看书，才能教好那些娃娃。娘没有进过学堂，没有文化，但她羡慕有文化的人。我们村里能开药方的董先生，村里学校教书的程先生，娘都特别敬重他们。在农活大忙的时节，先生们家里有活了，娘总是抢先去干。

"庄稼种不好，一季子；孩子教不好，一辈子。"这是娘对我说的。娘说，村里人在一起干活时，不少人都当着她的面夸赞我，说我教书用心，耐得烦，爱队上的娃娃。娘说，她听了这些话，比地里多打了几袋粮食都高兴呢！娘又说，你们教书就像我们种地一样，是个良心活儿，时间久了，就能看出结果了。

不知为啥这些日子我回到家，娘不怎么和我说话了，她把煤油灯放在自己面前，不肯让我用。我跟她说学校里的事儿，她也默不作声。

"娘，你身体哪儿不舒服吗？"我急切地问。

"我是心里不舒服。"娘甩过来一句话，"我问你，村上的小虎、小花、满堂、翠玲、强娃都来咱家了，咋不见来生家的小儿子小龙呢？"娘似在审问我。

我告诉娘，小龙见我就害怕，他不敢来咱家。

"那他学习咋样？"娘追问着。

"不咋样！"我老实地回答。

"那不行！"娘放下手中的活儿，冷坐了半天，没有说话。

我也没敢抬头，沉默了许久。终于，我把憋在心里的话说出了口。小龙他爹把咱家祸害得不轻，他们家大人心里有愧，小龙每见到我，手都在发抖，他哪里还敢来咱家。他自己能学成啥就是啥呗。想起小龙爹张来生那丑恶的嘴脸，我都咬牙切齿。

那是20世纪70年代初的一个冬天，一场漫天大雪过后，生产队里要求男劳力清雪扫路。小龙爹张来生和我爹被安排在村子北边的那条大路上扫雪，要把通向南北村的路上的积雪扫开以方便大家出行。扫雪时，小龙爹张来生耍奸溜滑，不好好干活。我爹是个直性子，看不惯他偷懒，就狠狠地批评了他几句。在把路扫通后，我爹就离开了。张来生气愤不过，就使出坏招，在雪地里写了几条反动标语，被人们发现后，他就诬陷说是我爹写的，把我爹告到了公社，害得我爹被冤枉被批斗了好多天，受尽了折磨和侮辱。我每每想起这件事，泪水都在眼眶转着圈儿。

"人这一辈子，一阵风，一阵雨，那些恩恩怨怨的仇恨，过去了，就永远过去了，别刻在心上。忘记了就淡了，淡了就想开了。"母亲认真地说。

那天夜里，母亲没有跟我聊学校的事。她吹灭灯，躺在土炕上翻来覆去，不停地叹息着。

第二天放学后，我特意把张小龙留下来，把他的几门功课认认真真地检查了一遍。结果让我很吃惊，他的学习情况比我想象的还要差，平时的作业大多都是照抄同桌的，数学的基本运算法则都含糊不清。

那天晚上，我把小龙领回了家。娘把煤油灯的灯芯拨了又拨，在亮堂的灯光下，我从第一单元开始，重新为小龙讲解补课。我告诉他，课堂上听不明白、弄不懂了，你就及时向老师提问。

夜深了，我准备送小龙回家。刚打开门，只见黑漆漆的夜色里，小龙的爹来生端端地站在我家的场院里……

几年后，张小龙初中毕业考上了市里的一所医学中等职业学校。毕业后他成了乡村名医，在家乡救死扶伤，守护乡亲的健康。去年，张小龙被省卫生部门授予"最美医务工作者荣誉称号"。

任教记

那年秋季开学时，村上的小学要聘一名教师。

当时，我正在复习功课准备参加高考。星期六，回家取馍时，知道了聘请教师的事，我就对母亲说了我想当教师的想法。

母亲看了我一眼说，你不考大学了？咋想着干那个？

我说，如果大学考不上咋办？如果学校聘了别人，咱就当不成教师了。母亲沉思了一会儿，觉得我的话有道理，她说也行。

于是，我就去村里的学校找校长，求他推荐我，校长是我的启蒙老师，他愉快地答应了。他说，你能否聘上，要村书记说了算。村里这次想当教师的人还有几个，大智就是其中之一。他这些日子，常去书记家坐，他给书记都表了决心，一定能把村里的娃娃教好。

大智在村里是有名的文化人，初中毕业，爱学习。村里人家过红白喜事，都会找他写对联、当账房先生。而他在收礼写礼单时，常故意弄一些小差错。关于这事，村里的人们常在背后议论。

父亲过世了，家里没有了挣工分的男劳力。在男女同工不同酬的日子里，母亲为了多挣工分，每天早出晚归，一人干一个半人的活。我就想着，假若我当上了教师，就可以挣男劳力的工分，给母亲减轻负担，还能继续看书学习，那该多好啊！

我拿着手电筒，冲进了漆黑的夜幕里。我独自一人，翻过山梁，走了几里路，推开了书记家的门。我把想法告诉了书记，他问我，你爱教书吗？我坚定地回答：爱！他对我点了下头说，行，你回家去准备，我让校长给你安排到时候讲一堂课，让我们听听。我向他点点头说，好，我回去准备。

就在这时，书记家的门被推开了，进来的是穆大智。他手里拎着装得鼓鼓囊囊的布袋子。

我就起身告别，走出了书记家。在回家的路上，我默默地走着，一直想着当教师的事。走到山梁顶上，我坐在大石块上歇息了一会儿。心想，我一定要好好准备那堂课。

山里的夜美极了，一轮月亮从东山上冒出来，圆圆的，像一只银盘。皎洁的月光从这只银盘里一泻而下，洒在乡间的小路上，整个乡村显得格外宁静、清幽。阵阵清风，吹动了秋日的枯草，吹过粗糙的树干，带来了一股股泥土的清香。我望着满天星斗，任山风尽情地吹着，感到无比兴奋。

第二天，按照书记的安排，我又翻过山梁，来到山下的学校。村书记、校长和村上的会计都在场。被安排讲课的就我和大智两个人，其他两个报名的人都放弃了。校长发给我俩每人一本五年级语文课本，还有笔和纸。他让我们先熟悉教材。大智轻松浏览了一遍，就把书放在旁边，点着了一支烟。他说书记答应他了，讲课就是个样子，这次非他莫属。他吸了口烟又说，书记大字不识，他咋知道课讲得好坏。他劝我，珍惜考大学的机会，别耽误了远大前途。我听了他的话就想立即放弃，可已经到了这时，我只能硬着头皮坚持把课讲完。

校长让我和大智讲同一课：第九册第一单元第三课《海上日出》。

我是第一个上讲台讲的，讲完后就准备马上离开。但校长安排我坐在教室里听大智讲课。

也许大智没有认真阅读课文，在领读课文时，把"一刹（chà）那间"读成了"一刹（shà）那间"。学生们给他纠正，他却改不过来。他面向黑板，都不敢正视学生，粉笔字写得东倒西歪，惹得同学们哄堂大笑。就这样，大智磕磕绊绊结束了讲课。

这时，书记走上讲台让同学们给我俩鼓掌，然后说，同学们，你们听完两位老师的课，我现在问一下，请你们举手回答。

田老师讲的课，你们都听懂没？全班22名学生一齐举起了手；穆老师讲的课，你们都听懂了没？全班22名学生只有3人举起了手，但他们看别的同学没举手，就又放下了。书记接着说，同学们自己做主，别看别人，听懂了就举手。结果，还是没有学生举手。

书记当着几位干部的面，对我和大智说，你们的任务完成了，可以走了。下来，我们要开会研究。

我和大智就走出了教室。大智坚持要送我回家，任我如何拒绝，都挡不住他的热情和执着。于是，他陪着我走了一段路。路上他再三叮咛我，要珍惜考大学的机会，别耽误了远大前程。

几天后，校长派人给我送来了乡政府文教办开的介绍信，上面盖着大红的印章，是要我到学校报到的。

母亲不认识字，她看着盖有大红印章的介绍信，说她一下子觉得干活都有劲了。

万象

河东　河西

一缕阳光

今天我值班。吃过早点，我就走进清晨的第一缕阳光里，走过静谧的小街，来到了政府大院。

单位在大院西边的一栋六层大楼里，我在三楼办公。打开楼道的门，进了办公室，就开始打扫卫生，整理桌上的文件，给花儿浇水。打理好了一切，我就泡了杯茶，拿出刚买的长篇小说《主角》开始阅读。平日里上班，进进出出办事的人多，难得清静，没时间看书。

咚咚咚……楼上响起了很大的敲门声，似乎是在用脚踢门。我走出办公室，来到楼梯口，刺耳的声音停止了。一位大姐从楼上走下来。

"真见鬼了！"大姐边走边骂。

"怎么了？"我问她。

"不知怎么回事，办公室门打不开了！"她愤怒地说，"平时开门都很容易，今儿个把钥匙插进去，就是拧不动。"从她甩过来的话语中，我能感觉到她十分激动。

看她面熟，我努力在记忆里搜寻着，但还是没有想出来她在哪个部门上班。她看出了我的心思，就告诉我，她叫王嫂，在经济发展局工作，她也是来值班的。我请她到我办公室坐，倒了杯茶水递给她，劝她消消气。

"是不是把锁子换了？"她喝着茶，还在思考着，"换了锁，都不给我打声招呼，只是说安排我来值班。"于是，她就拿出手机开始打电话。

"李主任！楼道的门怎么打不开啊？是不是把锁子又换了？"她质问道。

"没有啊！"我能听得见对方的声音，李主任是个上了年纪的老同志，"你再试一试吧，别急！"对方温和而很有耐心地说道。

她挂了电话，说："老家伙！早就该退了，还占着岗位！"

"你们主任多大年龄了？"我顺便问她。

"他今年都五十了，不自觉，不识时务，还赖在主任的位子上，把办公室管得一塌糊涂。"她喝着茶，嘴上嘟囔着。片刻后，她再次拨通了李主任的电话，"李主任，我值班是八点准时到的，就是门打不开进不了门。上级要是查岗了，你可要给我作证啊！"说完，她挂了电话，拿起我正在看的《主角》，翻看起来。

"你来这里上班几年了？从哪儿调来的？"她问我。

"大学毕业，我参加公务员招录考试，报考的是渭北偏远的乡镇。考上后，就在乡镇上工作了六年。原想这一生就在基层干下去了，没承想能到市级部门工作。去年市政府给各部门遴选工作人员，正好有我学的专业，各方面也符合条件，我就报考了。很幸运，我就以第一名的成绩被选中了！"我对她说着，好似又回到了那个令我激动的时刻。

"你真幸运！"她向我投来羡慕的目光，"你们单位值班有补助吗？"

"没有！"我告诉她。

"不会吧？"她迟疑地看着我。

"无所谓的，在家也是闲着，在这里还可以静静地看书学习。"我说的这话，是发自内心的。

我给她添上茶水，她喝完，感叹道："你这茶真好！是单位供的吗？"

"不是。我老公在云南服役，去茶厂里买的。对姐的口味了，我这里还有，给你拿一盒尝尝。"

我从柜子里取出一盒茶叶，送给了她。

十点左右，机关事务局的干部检查各部门的值班情况。她拿起包起身离开，还让我上楼去帮她看看门锁究竟怎么了。

上到四楼，却发现楼道的门大开着，我和王嫂走进去，办公室的门也开着。

"李主任！是你把门打开的？"她惊讶地问。

那个李主任站起身，和颜悦色地说，门好开着哩，不知你咋会打不开，是不是你把钥匙拿错了？

她拿出钥匙，转身走到楼道的门前，将钥匙插进了锁孔，又重新去开锁，竟打开了。"那怎么……我早上来就是开不开呢？"她说。

在我们正纳闷时，一个在五楼值班的小伙子走了进来。他气愤地说："哪个混账，把我们楼道的门锁给捅坏了，害得我半天都进不了门。"

　　我和王嫚对视了一下，都没有言语。李主任走到楼道东边的窗户前，伸手拉开了厚重的窗帘。一缕阳光顿时把楼道照得亮亮堂堂。

报纸的故事

　　高局长是从镇党委书记职位调任县农业局局长的，当时，我在局机关担任办公室主任。高局长无论工作多么繁忙，都要挤出时间阅读当日的报纸。久而久之，高局长阅读报纸的习惯大家都知晓了。因此，每天新报纸一到，我就安排干部把报纸送到高局长办公室。

　　局办公室有两名年轻干部，一是李明，一是黄伟。他俩都迫切要求进步，特别是李明，欲望更强烈。他总想快点进入领导视野，我就为他铺路搭桥、创造条件。比如专门强调让李明负责给高局长送报纸。为此事，黄伟还有情绪，我就给他做思想工作。就这样，每当有新报纸，李明就及时送到高局长办公室。

　　李明干事用心，每天像时钟一样准时给高局长送报纸，还帮高局长打扫办公室卫生，整理文件资料，接待来信来访者。在高局长不忙时，他就见缝插针，向高局长汇报思想，有时还讨论机关干部中存在的问题，提出自己的意见和建议。平时，自己负责的其他工作也安排得井井有条。时间久了，李明和高局长的关系就超越了上下级界限，两人成了无话不谈的朋友。他的聪明才智，得到了高局长的赏识。李明兴奋地对我讲："高局长人真好！"

偶尔，黄伟也抢在李明之前，把报纸送到高局长办公室，而且把自己分内的工作也完成得很好。两个年轻人争先恐后，踊跃承担工作，让我十分欣慰。

后来，经组织部门考察，李明顺利地当上了办公室副主任，常陪高局长下乡调研、外出开会学习。给高局长送报纸的任务，自然就落实给了黄伟。心情郁闷的黄伟，从此振作起来，走路似刮风一般。他每天第一件事就是去传达室取报纸，然后给高局长送去。借着送报纸的机会，黄伟为高局长烧水泡茶，给高局长办公室的花草修枝剪叶、浇水施肥……把局长办公室打理得干干净净、生机勃勃。加之黄伟负责的对外报道工作有声有色，高局长十分欣喜，在大会小会上表扬黄伟眼里有活，做事细致，有无私奉献精神。

不久后，我被组织部调整到别的岗位，李明接替我当上了办公室主任，黄伟接替李明任办公室副主任。

三年后，高局长退居二线，李明被提拔为农业局副局长，黄伟自然成了办公室主任。

退居二线后的第三年冬天，高局长患了脑出血，经抢救后又治疗了半年，已基本恢复，生活能够自理，思维和语言也都没受多大影响，就是走路不稳当，需要借助拐杖慢慢行走。高局长有一个女儿，女婿是位高级军官，在西藏某部服役，女儿随军去了西藏。我和高局长是邻居，就经常帮着他。高局长病情好转后，让我帮他订了《都市晚报》《文摘报》《农林科技报》等几种他喜欢阅读的报纸。

高局长坚持每天锻炼身体、阅读报纸，身体似乎恢复得快多了。而令他烦恼的是，邮递员总是把报纸放在办公楼的门卫处，导致常有报纸丢失。

为此，我给李明副局长打电话要他关照高局长报纸的事。李明很重视，就要求黄伟主任安排人每天把报纸送到高局长家。好在办公楼距离家属院也就百米远，每天送报纸也不影响工作。黄伟坚持自己送了一段时间。但办公室事务繁杂，黄伟有时难免顾此失彼，他就安排门卫老吴每天给高局长送报纸。

那天，高局长见到我，说他多日都没有收到报纸了。我就给黄伟主任打电话了解情况。一周后，我发现高局长家的门右边安装了一个报箱。这样门卫老吴可以随时把新到的报纸放在报箱里，局长也可以随时从报箱里拿到新报了。我觉得挺好。

国庆节假日期间，门卫老吴休假，我在门卫处值了两天班。在老吴的床下我发现了几份高局长的报纸，就给高局长捎回家。

我敲开高局长家的门，他正在闷坐着。我把手中的报纸递给他，在他对面的茶几旁坐下，帮他倒掉已没有了热乎气的茶水，拧开了电热水壶的开关，给他添水煮茶。

我陪高局长边喝茶边聊着现代农业的发展。突然有人敲门，进来的是李明副局长。他左手拿着一沓报纸，右手拎着一盒上好的茶叶，非常愧疚地说自己忙于工作，对老领导关心不够、照顾不周。他的脸上写满了真诚而无限的歉意。检讨完他向高局长表示，以后要亲自督促办公室给老领导把报纸及时送过来。

在我起身告辞时，高局长的女儿和女婿走了进来。高局长说，她女婿已从部队转业到地方，现在在市委组织部担任领导职务。

河东　河西

小河村依山傍水，百十户人家，沿河而居，分布在河东河西。清澈的河水，源于秦岭山中，一年四季欢快地流淌。经过改造，村容村貌焕然一新。每到了假日，都有城里人来村里休闲观光。

为了保持环境卫生，村里要增加一名保洁员，是个公益岗位。村里闲人多，都抢着干。让谁干呢？村委会讨论时，大家意见不一致。村主任提名让赵狗干，说他家日子过得狼狈，会计蛋娃坚决不同意。村主任努力说服了他，最后，大家也就勉强地同意了。

会计蛋娃怎么也想不明白，村主任把这个人人都想争到手的岗位给了赵狗。这几年，村上对赵狗家各项照顾已经够多了。

想当年，赵狗在村里当民兵连长时那个疯狂劲，人们见他都咬牙切齿。那些年，冬季农田基本建设，为了完成公社下达的改河造田任务，赵狗监督着队上十几个"四类分子"夜以继日、加班加点地战斗在改河造田的工地上。他开口就骂，动手就打。他一声喊，那些人浑身都在颤抖，谁还敢偷懒。

记得村里的王德贵老汉，个头大，人乐观，干活乏了，总好说个笑话，给大家取乐。一次，他正说笑话时被赵狗听到了，赵狗把老汉一脚踢下了三米深的沟，老汉以后见了他，身子都在发抖。在那个年代，赵狗的二杆子劲已到了心毒手狠，使人见了不寒而栗的地步。那时，谁见他都得笑脸相迎，个个头摇得像拨浪鼓。不然，公社开批斗会时，他会想着法子，变着花样折磨他们。

冬天，寒风刺骨，鹅毛大雪纷纷扬扬。雪覆盖了山梁、小河，也覆盖了乡间的小路。清晨，北风呼啸中，赵狗集合村里的"四类分子"为贫下中农扫雪，清理路障。蛋娃的父亲发着高烧，向他请假，他铁面无私，没有允许。蛋娃恳求他，替父亲去扫雪，他也坚决不同意。他还批评他们，没思想，没觉悟，认识不高。他说那扫的不是雪，而是思想。当时，上级领导也充分肯定了赵狗的做法，在大会上表扬了他。最后，还是让老汉带病在风雪中坚持把路扫完了。

历史的镜头，在不断地切换着。一切过往的人和事，在重叠中变化、变化中重叠。如今，这个"有名"的人物，没把孩子教育好，儿子不争气，打牌赌博，把家里输得精光，还欠了好多债。儿媳忍受不了，抱上娃离家出走了。那儿子到处躲债，把家里彻底拖垮了。赵狗和老伴年近古稀，成了无依无靠的老人。去年，村上把他家列为贫困户，由村主任包联。

时光飞逝，过去的土路成了水泥路，赵狗成了扫路的保洁员，但不一样的是，过去扫的是思想，现在，他扫的是幸福，他在心里安慰着自己。

清晨，赵狗起床后，扛着扫帚，迎着灿烂的朝霞，慢慢地走过小桥，往河东边走。到了清洁区，他认真地扫着……

路上，小车、摩托车疾驰而过。过往的行人，有熟悉的向他打着招呼，有的向他笑着，也有人说些风凉话，嘲笑他。

"一月一千多元的工资，看你挣得受活的。"会计蛋娃心里总是纠结，难以想通，看见赵狗就刺激着他。

赵狗就装作没听见，不言语。人啊，往前走的路难说。赵狗拍着身上的尘土，坐在偏僻的地方，泪水涌出眼眶，他为自己过去的做法，深深地自责。

天热了，村主任给他送来防暑降温慰问品，叮咛他早上扫河东，下午太阳偏了，再扫河西；趁着天凉扫，别累着，别受热了。村主任还当着他的面，狠狠地批评了蛋娃，语重心长地教训他，别把仇恨永远记在心里。他说赵狗也是咱的村民、包联对象户。

炎炎夏日，暑热难耐。赵狗高血压病又犯了，差点摔倒在路上。村主任知道后，赶忙把他送到医院，让他住院治疗，并安排干部们轮流陪着他，直到他康复出院。

秋日里，凉风习习，泛黄的柳叶和鲜艳的枫叶飘落下来，似在诉说夏日的热烈。

赵狗佝偻着身躯，扛着扫帚，在朝阳里、在晚霞中，坚守着他的保洁工作，河东河西，河西河东……

"社会好！政策好！"赵狗笑盈盈地，见人就说，"咱们的村主任当得好！但我这辈子对不住他啊！"说罢，他老泪纵横。

为什么？村主任是王德贵的儿子。

黄昏里的老人

我是去年住到这个小区的。在我家的对面住了一对老夫妻，我多次在楼道和电梯里遇到他们。阿姨利落强干，穿着朴素，见人就打招呼。当知道和我是对门时，她见面就微笑，那笑容使我感觉似亲人般地亲切。我总觉得，在什么地方见过阿姨，但一时又想不起来。我在有意或无意中，关心着阿姨和大叔。大叔是退休的大学教授，今年七十二了，身材魁梧，两鬓斑白；阿姨近六十岁了，身体硬朗，长着一双慈祥的眼睛，脸上常挂着笑容，让人备感亲切。两人每天生活规律，充满幸福感。

清晨，阿姨起床很早。她匆匆走出小区，从菜市场买回早点和蔬菜。我碰见她，就关切地说，你们出去吃不就省事了。

"老头子起床迟，我买回去等他起床再给他弄热了吃。"阿姨说这些话时，没有丝毫的抱怨，让人觉得很温暖。

太阳出来了，两位老人沐浴着朝阳，一起去小区的广场上散步。大叔拿着收音机边走边听，音量调得老高；阿姨背着包，手里拎着水瓶。累了，他们就坐在广场的木椅上歇息，阳光穿过层层叠叠的树叶照在老人的身上，祥和而温暖。大叔的一举一动，阿姨都能心领神会。他渴了，她就递上水杯，真是和谐默契。

我曾问过阿姨，您背那包沉吗？

"不沉。"她脸上掠过一丝微笑。

她跟我说，包里装的都是大叔平时犯病时吃的药，还有他爱吃的零食、爱看的书以及一些日用品。

我和爱人站在我家的阳台上，注视着广场上的他们，心里升腾起无限的敬慕之情。

"我们老了，要是也能像他们多好！"我感叹地说。

"会的，只要身体好，我一定会像阿姨那样做的。"爱人说完，叹了口气，伸手摸了摸自己的膝盖。

"没事，咱们坚持锻炼，你的膝盖一定会恢复好的。"我给她鼓劲加油。

傍晚，在夕阳的余晖里，两位老人又向南湖公园方向走去。他们一前一后出了小区，阿姨背着包，大叔的收音机里传出高亢激昂的秦腔唱段，引得人们不住地羡慕。

黄昏拖着他们长长的影子，像是挽着落日在行走。我站在阳台上，循着激昂的秦声秦韵，望着夕阳中的老人，为他们感动不已。

初冬时，我去外地参加了个笔会，两周后一回到家，爱人就对我说，邻居的大叔死了。是门卫师傅告诉她的，说大叔突然在夜间发病，被送往医院抢救就再没回来。他们的儿女在外地工作，是阿姨打电话叫的救护车，门卫师傅给她帮了忙。我茫然地站在阳台上，望着欢乐的广场顿感有种无法言说的痛漫过心头。

我问爱人，那阿姨呢？她说，再也没有见过她。每次出门回家，我都不由自主地注视着对面紧锁的门，大叔和阿姨的身影时常出现在我脑海里，挥之不去。

春节后，同学聚会时我见到了同学巧玲，平日阳光开朗的她，看上去满脸愁容。我问她有啥难事，巧玲显得很为难，摇了摇头没有说话。她抹了一下眼泪，我就绕开了话题。

聚会结束后，巧玲要我陪她一起走，在路上她才给我说了她母亲的事，希望我帮她给母亲找个老伴。我知道，十年前巧玲的父亲患病去世了。她知道我在教育系统认识的文化人多，想给母亲找个文化人。

巧玲兄妹两个，她哥住在乡下。没有了父亲，母亲一直在城里帮她带孩子。待了几年，孩子大了，母亲回到乡下的家与嫂子处不到一起，经常因发生矛盾而怄气。

"唉！我妈命苦啊！"巧玲叹息着说，"三年前我妈与师范学院的王教授重组了家庭，过得挺幸福。谁料，去年初冬王教授病逝了。按照我们子女当初的约定，我妈又回到了我家。唉！我妈真是命苦啊！"

"是住在幸福小区 2 号楼吗？"我问巧玲。

"是啊！你怎么知道？"巧玲惊讶地问我。

我见过阿姨，他们就住在我家对门。我挺想念他们。望着夕阳下的大街，我似乎又看到了那对老夫妻，相互搀扶着行走在黄昏里……

戴铃铛的羊

春风吹起，阳光灿烂。一日，绿塬养殖场两只长得毛茸茸的小羊羔，被主人牵出羊舍交给了王镇长和干部小刘。从此，两只健壮可爱的小羊，离开了羊群，离开了羊妈妈。

王镇长和小刘牵着小羊走了一段路，来到村庄东边的一户人家。他们把小羊拴在一棵树上，几个人围着小羊羔品头论足。大多都是好听的话，夸赞两只小羊可爱，一定能长得健壮，给主人带来快乐。

小刘人聪明而勤快，给小羊弄来吃食，采来早春的小草嫩芽，把羊儿当宝贝；王镇长牵着小羊拍照留影。小羊就惊奇，从出生以来都没享受过这样的待遇。最后，两只小羊住进了新的房舍，结识了新的主人蛮蛮。

新羊舍没有过去的漂亮，破破烂烂的，两只小羊觉得冷清、孤单。新主人蛮蛮走路有点瘸，但无大碍。他孤零零地一个人走来走去，就是走不出欢乐。

开始，蛮蛮对小羊还稀罕而上心，哼着小曲牵进牵出，端食端水，脸上挂着快乐。时间久了，他就厌烦了，对小羊没有了耐心，经常把门锁上，人就不见了。他只在出门前给小羊放点草料，小羊很快吃完后，在黑暗的房子里找不到吃食，饿得"咩咩"地叫。

过了一段时间，镇干部小刘来了。见此情况，他批评了蛮蛮，把小羊从屋内牵到村南边的山坡上。宽阔的坡面上，嫩嫩的小草从往年的枯草丛中，探出了新绿。小羊啃着新芽，撒着欢，开心极了。

伴随着夕阳的余晖，小刘又把小羊牵回到蛮蛮家。吃饱了的小羊，舒舒服服地回到羊舍里。于是，两只小羊就渴望天天见到小刘，这样，它们就能常去山坡上饱餐撒欢，而不用待在蛮蛮主人黑漆漆的屋里，仰头看房梁上缝隙透过来的亮光，更不会饿得咩咩叫了。

小刘走后，蛮蛮又给小羊放点草料，锁上门去神游了。饥饿中的小羊，"咩——咩——咩——"的叫声越来越微弱。

过了些日子，王镇长和小刘又来到了蛮蛮家。他们还带来了一男一女两名记者，其中男青年扛着摄像机，屋里屋外不停地拍摄着。小刘把小羊牵到场院里，王镇长看到瘦弱的两只羊，顿生怒气。他把蛮蛮狠狠地批了一顿，又让人拿来梳子把小羊身上的毛理顺，王镇长还用手爱怜地抚摸着小羊心疼不已。之后，他又牵着小羊，接受了那名女记者的采访。

两位记者走后，王镇长把蛮蛮叫到面前，严肃地教训了一番，并命他把羊儿牵到坡上去放。蛮蛮极不情愿地拽着小羊走在田埂上，他很气愤地冲着小羊发火，用脚踹着小羊。

节气转眼到了芒种，岭上的麦子金黄，农人们开始忙着准备夏收。

王镇长和小刘把两只小羊从蛮蛮家牵出来，领着蛮蛮向村子西边走去。走过村巷，小羊连走路都没有了精神，蔫得像霜打了一样。

村子里的人们，看着两只小羊投以惋惜的目光。"咋把羊儿饿成这样了？"一位大叔说。

到了村西的绿塬养殖场，兽医拿来听诊器，在小羊身上听着、摸着，确定没有什么问题，就把羊交给饲养员，让给小羊弄吃的。看它们吃饱后，饲养员把小羊脖子上的绳子剪掉，给小羊挂了小铃铛，它俩欢快地在院子蹦跳着。

王镇长在几个人的陪同下，拉着蛮蛮的手，笑眯眯地和小羊合影，之后，又把小羊送进了新的羊舍。

这次，新的羊舍里有好多只羊，就它俩身材瘦小。蛮蛮也跟着小羊到养殖场上班了，老饲养员领着他，就像过去他牵着小羊。他再也不乱跑了，每天笑呵呵地看着一群羊吃食、饮水。

两只小羊每天见到主人蛮蛮，也变得快乐起来。它们吃饱了、喝足了，就一个心思：快快长大，长得壮壮实实。

在羊群里，两只小羊蹦蹦跳跳，清脆的铃铛声悦耳动听。

一九七五年的鸡

1975 年，村里的桂花家养了三只母鸡，分别起名：芦花、大白、麻麻。鸡是头一年从集上买回来的。家里缺粮食，日子过得紧，喂养买回来的三只小鸡自然也艰难。桂花想着法儿从牙缝里抠出一点精心喂养，不久就把三只小鸡养成了雍容的大母鸡。

母鸡下了蛋，儿子秋季上学的书本费就有指望了。

场院里，三只鸡在觅着食，用爪子在草丛里刨虫子吃，麻麻和大白跟着芦花，使劲地刨着。可刨着刨着，大白突然就不刨了。它跟在芦花和麻麻屁股后边，吃着现成的。大白"咯咯哒，咯咯哒"地叫，似在给芦花和麻麻加油。芦花和麻麻舞动着爪子，使劲地觅着虫子。虽然觅到的虫子数量并不多，但三只母鸡都能快乐地共享。

气温一天比一天高，田里的麦子也一片金黄。三只鸡在场院里"咯咯哒，咯咯哒"地叫着……

几天后，芦花开窝下蛋了，主人在屋檐下的鸡架上，用胡基垒了两个窝儿，用麦草铺得软软的，让它舒舒服服地下蛋。芦花下的蛋又白又大，桂花拿着它，高兴得合不拢嘴，笑得似一朵花。

过了几天，麻麻也开窝了，蛋比芦花下的蛋小点，但总是下了。大白"咯咯哒，咯咯哒"地叫着，还是不下蛋。桂花着急了，把藏在缸里的小米，拿出来给它吃，想让它快点开窝下蛋。

开镰收麦时，大白总算开窝了。下完蛋的大白，胸脯总是挺得高高的，在场院里"咯咯哒，咯咯哒"地叫着。

意外发生了。大白下了几个蛋后，卧在窝里一点都不安宁，跳上跳下的。桂花还批评男主人，嫌他没有把窝弄好。

男主人是个耿直人，火暴脾气。大白"咯咯哒，咯咯哒"的叫声，吵得他烦躁不安，他指着大白骂道："就下个蛋，不停地叫。"可骂归骂，男主人还是给窝里铺了新麦草，引导着大白卧在窝里下蛋。

一天，桂花发现大白卧在炕头的柜子上。这柜子是结婚时娘家陪的嫁妆，金贵得很，大白就踏踏实实地卧上下蛋了。赶大白下来，大白就把蛋下到其他隐蔽的地方，让主人找不到。在与主人斗智斗勇中，大白又卧到了木柜子上下它的蛋。主人无奈，就忍着，只要大白肯下蛋，他们也就懒得管了，随它去吧！

"咯咯哒，咯咯哒——"大白每次下完蛋，都会扑棱棱地从柜子上飞下来，不停地在场院里叫着，似在给芦花和麻麻炫耀。

又过了几天，麻麻不知怎的不再下蛋了，主人就疑惑，蛋下哪儿了？

邻居的光棍老汉在麦草垛里拨弄麦草时，发现了几个鸡蛋，高兴得合不拢嘴。他见四周无人，就捡起鸡蛋，放在衣兜里拿了回去。他没有养鸡，见了鸡蛋自然非常稀罕。他拿出铁勺，点火烧热，滴上几滴清油把鸡蛋炒着吃了。香味儿把半个村庄都弄得油香。光棍老汉吓得长时间不敢面对主人。

桂花知道后，想去找他要回那几个鸡蛋，但又苦于没有证据，再说，她也不是多事的人，生了一番气，就用绳子把麻麻拴住，让它在自家下蛋。

轮到桂花家给上级来的工作组管饭了。她把屋子收拾干净，就忙着做饭去了。大白要下蛋了，照例又卧到了柜子上。

那年月，物资贫乏，桂花尽心尽力，把饭做得有滋有味。干部坐在方桌旁边吃着饭边夸赞着桂花的饭做得好。饭没吃完时，大白下完蛋，愉快地从柜子上飞了下来，扑棱棱……

每次大白上柜子时，总是不声不响；飞下来时，总是惊天动地，煽起一片尘埃。

"咯咯哒，咯咯哒——"大白热烈地引颈高歌，"咯咯哒，咯咯哒——"

那时候，土瓦房里空间窄小。坐在桌旁的干部，是从城里来的，用手扇着尘埃，一脸不悦。

"嫂子，我要批评你，以后要注意卫生啊！"说罢，干部出门走了，弄得桂花很尴尬。本来她还有求于干部，想让他给个啥照顾哩，也没顾得上说。

送走干部，男人拿了根三米长的竹竿，在场院里，撵着"咯咯哒，咯咯哒——"叫个不停的大白。惊得树上的鸟儿在空中飞来飞去，不敢落在树枝上。

这时，麻麻从后墙根慢慢地过来，桂花打了个激灵，急忙起身到邻居家的麦垛边寻，就收获了一个鸡蛋。她今天太忙了，忘记拴住麻麻那家伙，让它溜脱了。

几天后，桂花家的门框上钉了个牌子，上面写着"卫生较差"。

"你叫得怎么与芦花鸡不一样呢？"男人举着竹竿，在场院里追着"咯咯哒、咯咯哒——"叫的大白。他一边骂，一边学着大白叫"我蛋大，我蛋大……"

桂花欲制止男人，但看着门框上的牌子，鼻子都气歪了。她转过身，去看正在抱窝的芦花。

这时，芦花安安生生、静静地卧在那儿，它正在抱窝、暖小鸡呢。

尴
尬

我五十六岁时，从公司总经理岗位退了下来。因还不到退休年龄，组织部门领导同我谈话，说退职未退休，要我在公司继续发光、发热，为自己一直从事的事业贡献智慧和力量。

同时从岗位上退下来的还有副总经理王畅，他真诚地请示上级领导：是否要按时上下班，领导微笑着说："坚持在岗，全心全意。"领导的话说得很坚定。

于是，公司为我和王畅调整了办公室，把我们安排在楼道北边偏僻一点的拐角处。我们坚持上下班，虽然公司并没有给我们安排具体工作任务，要求也相对宽松。接任我的王帆总经理，见面总是热情地跟我打招呼，还安排办公室干部送来烟和茶叶，问寒问暖，我俩好像成了远道而来的贵客。这样的关心和照顾，使我很尴尬。王畅对我说，咱们就不应该来上班，上级领导要求归要求，但咱也不能太当真了。

每天上班，我们就坐在办公室喝茶、聊天，公司上上下下进进出出，都忙忙碌碌的，我俩却闲得发慌。我就想在单位干点力所能及的事。我发现一楼的收发室，送来的报刊堆成了山，门卫老程腿脚不方便，我就去门卫处取来报刊，整理后放到各科室办公室。取了几次，被办公室张主任发现了，他恳求我千万不可以这样做，因为那是办公室分内的工作。他说如果我俩干了办公室的活，他就要挨批评。他十分客气地说，老干部是单位的宝贵财富，是他们小辈的楷模和榜样，怎敢让你们干这样的活。我觉得他说得对，就再不敢去收发室了，免得给年轻人添乱。

当下，正值创建文明城市之时，我就和王畅一起动手打扫和清理了机关后院，又修剪了花园里的花木。王帆总经理发现后，又急忙让其他人来替换，劝我们什么都不要做，只好好休息就行。他再三恳求我们以后别干这种有风险的工作了。

无奈，我就在办公室里开始练习书法，王畅也陪着我练。我学生时代曾经学习过书法，基础还在，练起来也顺手，坚持练习还是有长进的。双休日，我去市艺术中心报名参加了书法高研班，跟专业老师学习。不久，在书法高研班的百十名学员中，我的书法习作受到老师的赞赏，老师还鼓励我参加了全市老龄委组织的书法比赛。很荣幸，我的书法作品获得了二等奖。

我的书法作品获奖后，被公司领导知道了，公司办公室在融媒中心平台上编发简讯，报道了我书法获奖的消息，我也顺手在微信朋友圈里转发了报道，同学、同事都为我点赞加油。单位张主任还给我打来电话表示热烈祝贺并告诉我，公司领导要为我举行庆贺仪式，他们夸赞我给单位争了光、添了彩。

星期一，我上班走进办公楼，发现我的办公室门上挂上了"书画研究室"的牌子。看着"研究"二字，我心里就像揣着麦积草，毛毛糙糙的，极其不舒服，但又说不出口。接着，公司的融媒中心平台又以加强某某系统文化建设，成立"书画研究室"为题，进行了报道。此后，公司就给我的书画研究室安排工作，比如学习计划、工作计划、廉政承诺、半年工作总结、年终总结……

每日，我们仍按时上下班，一进办公室，就忙乎办公室安排的一系列工作，忙得焦头烂额。就这样，有些工作还拖了后腿，比如政治学习笔记，我俩就不如年轻人。我坚持每天练字的任务也落空了。王畅端着茶杯品着茶，拉长着脸不说话。

临近年终，上级部门安排年度考核，本单位的对外宣传简讯还差一大截。上午一上班，办公室张主任就找到我，要求我近期组织几次活动，比如书法进社区、书法进校园等，以支持公司融媒宣传工作争取在全市同行业评比中排在前列。

为了活动顺利开展，办公室还安排了几个年轻人协助我的工作。看着年轻人兴高采烈的样子，我都不知道安排他们干啥，好在王畅有办公室主任的工作经历，他说搞活动有他，让我尽管用劲去写书法。他把"劲"字咬得特别重，重到我觉得极不舒服。

我坐在办公桌前，头脑一片空白，晕晕乎乎的不知所措。我觉得我把余热发挥成了熊熊烈火。

我起身走到窗前，静静地望着窗外，院子里的树在风中左右摇摆，把我的心摇得难以平静。

十五的灯笼

点灯，也叫挂灯笼。元宵节到了，家家户户都要在门里门外挂上大红灯笼，预示来年日子吉祥如意！红红火火！

秦婶把家里要挂多少盏灯笼已经算好了。她让侄儿从镇上按数买回了"吉祥如意""幸福安康"的大红灯笼。

在太阳吻别西山时，秦婶把两个最大的红灯笼点亮，挂在大门左右两边，再下来给堂屋、灶房、儿孙的卧房以及前庭后院等，屋里的大小房间都点上了红灯笼。

红彤彤的灯光里，侄子侄媳从外面走了进来。他们怕大妈孤独，就过来陪大妈一起欢度这祥和温馨的元宵夜。侄媳进了灶房，动手煮元宵。

秦婶站起身，先走进儿子的房间把床扫了又铺好，接着走进孙儿的房间，弄弄这，摸摸那。她在等着他们回来……

　　秦婶今年七十三岁了。她的宝贝儿子在市里工作，是大公司的总经理。春节前儿子出事了，短时间内可能回不来。春节到了，族里的亲人们担心秦婶的身体，都小心翼翼地绕开关于她儿子的话题。因孙子在国外读书，亲人们就说她儿子儿媳去了国外。他们觉得就这样能瞒一天算一天。

　　秦婶坐在儿子的床边，侄子坐在她身边陪着她。秦婶给侄子讲过去的家事：

　　"苦日子好过，好日子难守。过去，咱们秦家从外村迁过来，一大家子人落脚到这里，举目无亲。小的小，老的老，你家住在村外边的草棚里，我家住在崖下的破窑洞里。寒冬腊月，咱们两家人缺吃少穿的。快过年了，没有办法，你大伯和你爹商量，就和村里的几个人去远山担柴卖。他们半夜三更从家里出发，翻山越岭，钻到那深山坳里去砍柴。山路崎岖，悬崖峭壁，在返回的途中，你爹一脚踩空，坠入崖下，差点送了性命。

　　"黑漆漆的夜里，家里人等不见他们回来就四处寻找。第二天天亮时，你大伯和村里几个人，才把你爹抬了回来。你爹的腿摔骨折了，在医院里包扎后，因没钱住院，又被抬了回来，只好在家养伤。这真是雪上加霜。无奈，我也只好放下你大哥，和你娘出门去帮人家纺线、织布，挣点钱过年用。

　　"有苗不愁长，你和你哥很快都长大了，也都在村里上了小学、又上了中学。你哥从小就爱学习，上学从不耽误，晚上回家，在煤油灯下写字读课文。他听话懂事，学习的事从来就没让我和你大伯操过心。在学校还当上了学习委员、班长，咱屋里的墙上贴满了他的奖状。一步一步，他都脚踏实地踩得很稳。他是咱秦家几辈人中第一个上大学的年轻人。

"你啊，小时候就是贪玩！旷课、逃学，上树逮鸟、捅马蜂窝，偷队上的瓜，手脚就是闲不住，把你爹你娘气得不行，你也没少挨打。"她拉着侄儿的手，泪水早已连成了线。

"是的，不知咋的，我小时候，就是不开窍，特别淘气。大哥给我辅导作业，我就是不会，还不停地做小动作，逗大哥乐。"侄儿笑着说。

屋外，夜空中爆竹声声，此起彼伏。秦婶站起身，久久地望着窗外……

秦婶又坐下来，泪眼婆娑地说："往年这个时候，咱们秦家院里，是村里最热闹的地方，大车小车停了不少，村里的娃儿都挤在咱家的场院里，看放烟花，你大哥大嫂都忙着招呼远方的来客。"

"一切都过去了，咱就别想了。"侄子面对着大妈说。他的手不停地搓着。

秦婶又开始数落儿子："他这些年不听话了。咱家这老宅子，面东向阳，住上多宽阔明亮。可他晕了头，听外人的话，非要建什么别墅，给我说了多少遍，我就是不答应，他还让那些外人来劝说我。最终还是背过我，偷偷地在山下建了别墅……"

元宵熟了，侄媳轻轻拨动着在锅里打旋儿的元宵，就似拨着扑通扑通的人心。

"大妈，哥过完年就回来了，您别挂念！"侄子安慰着大妈。

"母子连心，昨夜我梦见他了，你哥哭着给我跪下，说他没听我的话，千不该万不该盖那烂别墅。"秦婶泪流满面。

"大妈，您——"

"志强啊，大妈没糊涂，明白着哩。"

　　我是大妈最为信任的侄子志强，在这合家欢乐的夜晚，陪着她驱赶心里的万千痛苦。

　　小村里，家家户户门上的大红灯笼在夜风中摇曳。每一盏灯都有每一盏灯的心思，灯光把小村照得通亮通亮……

雨夜

秋雨越下越大，砖贴的院墙，已垮塌了几堵。年已古稀的刘教授和老伴住在校园边的瓦房里，屋内阴暗潮湿。

夜幕降临了，听着雨声，他和老伴坐在床边，提心吊胆地背靠着背说着话，相互提醒着：别睡着了。

这是卫生系统的职工培训学院。近几年继续教育功能萎缩，学院陷入困境，年轻的教职员工都分流了，退二线的王书记和两名管理干部留守着，还有他们十几户回不去家的退休老人。

刘教授退休十年了，因种种原因回不了家乡，就住在学院的老房子里。这老房子屋顶多处漏雨，他们的桶和盆都派上了用场。

"老头子，我问你，如果咱们明天死了，谁会第一时间来？"

"谁呢？"他认真地想着。

"这都怪你！"她说。

"为啥？"他惊讶地问。

"当初，你应当给孩子们多解释一下，他们同意了，咱也就不受这份难了啊！"

"难啊！"他摇了摇头，长长叹了声气。

风雨敲窗，往事历历。在他的记忆里，还有一次比这场秋雨下得时间更长的雨。那是 20 世纪 70 年代，他从学校毕业，和她一起分到山旮旯里那个中学任教。学校条件艰苦，医疗条件也差，他们的二丫就是在那里出生的。那一年，淅淅沥沥的秋雨下了一个多月。当时，他们计划着早点请假，好住到县城的医院生孩子。

秋季开学，学校未分来新老师，她又走不开。她一个人带三个班的语文课，过度的劳累，使预产期提前了。镇上卫生院条件差，没有专业的妇产科大夫，又遇上了难产。为了保她们母女平安，他和两名同事自己动手绑了个简易担架，从代销店买了几米塑料膜，把她裹到担架上。他们在漆黑的夜里，冒着雨于凌晨两点钟把她抬到了县人民医院，才使二丫顺利降生。差点就没有他们的二丫头了。

"你偏心！我看你最疼二丫。"她说。

"不！"他伸手挡住她的嘴。

说真的，在他心里，两个女儿都是心肝宝贝，他都爱啊，哪有偏心的父母。大丫当时不用心学习，贪玩，跟集镇上几个子弟逃学，没办法上了技校。他找了他大学的同学，把大丫安排到了纺织厂。当时，纺织厂是市里最好的企业，不是谁想进就能进的，同事们都很羡慕有个同学能帮忙。

在教师工资发不出的情况下，大丫比他的工资还高。谁能料到，企业说不行就不行了，大丫下岗了。她埋怨父亲没有眼光，就知道教书、写文章。

二丫性格内向，从小就爱看书，学习自觉，不用大人操心，考到了城里的重点高中，又考上了大学，大学毕业后就去了南方工作。

说偏心，是有点儿。老伴病逝的时候，二丫才刚上高中，他怕孩子经受不住打击，既当爹又当妈的，就呵护二丫多了一些。后来，他在同学的帮助下，也调到了这所学院。这样照顾孩子就方便多了。大丫心里有点不平衡，他知道。难啊！为了使大丫有保障，他把自己积攒的工资给她一次性补缴了养老金。

"唉！不想了，想多了都是泪。"她伸过手，擦去他脸上的泪水。"这么大的雨，不知道老屈那边漏得咋样？"看着他痛苦的样子，她就岔开了话题。

"咱都在熬煎，还能顾得上管他？！"他说，其实在心里，他时刻惦记着老屈，毕竟同事几十年了。老屈的境况更差，两个儿子在农村，过得恓惶，几个孙子上学都是他出钱供的。老伴去世后，老屈重组了新的家庭。新老伴是城里人，儿女都成家了，没法子，他们就寄居在学院的破房子里。十几年都没有和儿女在一起住过。大儿子盖房时，他给了两万元，儿媳说，他拿的钱都不够付工人的工资。他一句话没说，回到城里就闷睡了两天。

去年，老屈回乡下住了一个月，儿媳指桑骂槐地找事，他实在住不下去了，就又回到了学校，他的房子也漏雨。

"轰隆！轰隆……"几声巨响，整个房子都在摇晃，他把她紧紧地抱在怀中。她身子在发抖，他安慰着她。

　　"没事的，应该是东边那堵墙倒了。房子塌了，不是那个响声。"他肯定地说，眼睛长时间都未敢睁开。

　　漫长的雨夜里，他们依偎着在惊恐中睡着了。

　　"刘老师！刘老师！"一阵急促的敲门声，把他们从梦中惊醒。他下床开了门，原来是王书记带着两个干部冒雨来救他们。

　　"刘老师！看天气预报这星期都有小到中雨，可能还有大雨，我们把前院的大会议室隔开了，给你们弄好了床铺，你们几户就放心住在那儿吧！"王书记说着，就扶着刘教授向外走。

台上台下

　　周书记从岗位退下来后，闲在家里，总想着干点事来充实自己的生活。他不喜欢运动，也不爱好音乐，在单位时，文体活动几乎都不参加。去户外爬山，他又觉得耗费体力。所以，只能整日蜗居在家里抽烟、喝茶、看电视，他都觉得自己成了没有用的人。

　　老婆和女儿建议他出去转转，找朋友聊聊天、打打牌，他都拒绝了，他觉得有点低俗。可他这种自我封闭的状态真让家人们担心，大家都怕他憋出毛病来。

　　有一天，周书记在微信朋友圈里看到有老同事退休后写的回忆文章，认真读了几篇，引起了共鸣，也就有了写作的冲动。于是，他写了几篇追忆过去苦难生活和赞颂故乡山水的文章，并将其中一篇习作修改了再修改，在同学创办的网络平台上发表了。几天之后，他发现阅读的人很少，连自己的女儿都说，他写的文章没有文采，像是讲话稿。他对女儿说的，认可也不认可。他想，走自己的路，让别人去说吧。搜肠刮肚又坚持不懈地写了几万字后，周书记无奈搁笔了，他觉得写文章这活也不适合自己干。那自己能干点啥呢？

室外，春光明媚，蓝天白云。周书记孤独地站在阳台上，看着车水马龙的大街，吸着烟焦灼地踱着步。

一天，周书记在小区遇到了老耿。过去，他在镇政府当书记的时候，老耿在镇中学教书。老耿多次聆听过周书记在全镇教师大会上的讲话。老耿说，周书记讲话真切，教书育人，无私奉献，淡泊名利……至今，周书记所讲的那些话还在他脑海里回响，任何时候想起来都觉得很亲切。进入暮年，能和周书记居住在同一个小区，老耿觉得是莫大的荣幸。

老耿是刚搬来小区住的。他坚持数十年如一日练习书法。他的书法作品在国家级比赛中连连获奖，他还成了省书法家协会的会员、市书法家协会副主席，受聘到老年大学担任书法教师。

老耿得知周书记赋闲在家，就邀请他学书法，周书记愉快地答应了。老耿就给周书记在老年大学书法班报了名。从此，老耿老周又成了师生关系。每隔几日，就见老耿和老周结伴去老年大学上课。他俩因共同的爱好，走到了一起，经常聊书法，谈人生，去茶馆品茶，在公园散步……偶尔，周书记从家里拿出瓶陈酿好酒，请老耿喝几杯，喝到高兴时，还会喊来书法界的朋友一起雅聚。周书记由衷地感动，他真的喜欢上了书法，还跟一些书法爱好者交上了朋友，有时还大有相见恨晚之意。从此，周书记几乎把多半时间用在研究书法上。他恶补书法知识，苦练书法基本功，天天临帖。他的书法技艺长进之快，令人惊讶。

两年后，经老耿的指导和推荐，周书记的书法作品参加了全市老年书法展并获了奖。之后，周书记加入了市书法家协会。

一时间，在电视上、广播里时常能听到周书记的声音，看到周书记的身影。他谈书法，谈艺术，谈人生。城里各种文化活动都以邀请到周书记作为嘉宾为荣。周书记不愧是老领导，他角色转换也很自如。他一上台，就有灵感；一开口，就妙语连珠，时常能蹦出新的名词，给活动增色添彩。了解周书记的人都说，周书记这辈子就是坐主席台的料。

周书记终于找到了新的价值，小区门口，时常有人带着礼品在物业办询问周书记家在几号楼。周书记成了秦东城里的名人，忙得都顾不上见老耿了。慢慢地，人们发现，老耿和周书记已经很久没有一起散步了。他们即使偶尔在一起，也是周书记在主席台上讲话，老耿在台下鼓掌。两人匆匆说上几句话，就各自忙各自的事去了。不久，周书记又成了市书法家协会理事。

今年秋季，市书法家协会召开换届大会，周书记在参会中突发脑出血被送进市医院抢救。

老耿突然意识到周书记这次患病与他有关。因为这次换届，老耿请求辞去市书协副主席，协会就要增补一名副主席。周书记让老耿推荐他，老耿就找市书协主席推荐了周书记。可是市政协退下来的一个老领导成了副主席人选，周书记没能如愿。

几天后，老耿再次去医院看望周书记时，他已脱离了生命危险，出了急救室，转到了病房，但还不能说话。

老耿没能和周书记说上话，面对周书记的家人，他也不知道该说啥。

小刘师傅

小刘是给我家装修房子的木工，家是外地的。小伙子勤劳又有智慧。

在给我家干活时，正值秋季学校开学的日子。我到小区看新房装修的进度，发现木工小刘没在，停工了，就急忙给装修公司打电话询问情况。小刘回过来电话说他有点急事，请求我别催他，他把事情处理完后，会加班加点赶活。我就答应了他。

我第二次去新房看进度时，见小刘不怎么说话，只是在闷闷不乐地干他的活。

"刘师傅，你遇到啥事了吗？"我关切地问。

"学校都已经开学了，可我儿子还没有学上。"他低着头哭丧着脸。

哦，我看着小伙子难受的样子，心里就有了想帮他的冲动。

"那我试着帮你联系个学校？"我拨通了老领导的电话，求他帮忙。

我没敢说是装修工的孩子，只说是我侄子的娃。没想到老领导很乐意帮忙，答应回家跟他儿子说说，让他儿子想想办法。

我赶紧把小刘孩子的信息给老领导发了过去。我知道老领导的儿子就是小学校长，只要他答应帮忙，事情就有希望。于是千恩万谢，还一再承诺哪天请他喝两杯。

第三天，小刘师傅就接到了学校的电话，通知孩子去报名。小伙子高兴得恨不得跳起来，只一个劲地说着感谢的话。那些天，他干活都吹着口哨，手底下也利索多了。

小伙子木工活做得精细，也更用心，很快就干完了我家的活。我和他从此也成了熟人。中秋节时，他还专门买了礼品说要到家里来，我不让他来，但他执意要来。小伙子是个重情义的人。

第二年秋季开学前，小伙子对我说，他姐把孩子从老家带来了，也想在城里上学，我爽快地答应了。他拿来了孩子和他姐的务工资料，我找老领导的儿子，又把娃上学的事办成了。

第三年秋季开学前，小伙子又给我说了他妹的孩子想在城里上学的事。我思考了几天，最后还是答应了他。我想孩子上学的事，能帮就一定要尽力帮。于是我又帮他办成了。

为此，我心里实在过意不去，就约老领导请他吃饭，并让小刘作陪。我心想，小刘家姊妹三人孩子上学的事都帮他解决了，心里就有一种满足感和成就感。我非常真诚地敬了老领导几杯酒，对他表示崇高的敬意。

饭桌上，小刘师傅忙前忙后，一会儿点烟，一会儿斟酒，对老领导和我感激不尽，体贴入微。那晚，老领导喝得有点多，心情也愉悦，一高兴就加了小伙子的微信，还相互留了联系电话。

之后很长时间，小刘没有再和我联系。我想一个外地人，背井离乡，在陌生的城市里打拼不容易，我还时刻惦念着他呢。

又一次和老领导吃饭，是小刘师傅约的我。他让我陪老领导吃饭，而且是在市里最高档的酒店。他还请了政府部门的几位年轻干部。酒桌上，老领导对小伙子赞赏有加，说他年轻有为，诚实守信，心地善良，知恩图报，前途无量。我这才知道，小刘开办了一个文化用品公司，规模还不小，也干出了成绩。我真为这年轻人感到自豪。

老领导拉着我的手埋怨我没早一点把小刘师傅这样的好青年介绍给他。我赶紧给老领导敬酒，表示了歉意。那晚老领导乘兴喝了不少酒，也讲了很多心里话，我都洗耳恭听。

又过了两年，老领导打来电话急切地要见我。我在楼下的茶馆里要了个雅间，让服务员泡上了老领导爱喝的老白茶。老领导神情沮丧，满头白发有点散乱。他坐在我对面，唉声叹气，半天没开口。

我感觉有些不正常，一种不祥的念头掠过心头。我急切地问道："到底出什么事了？"

他老泪纵横地说："小刘的公司倒闭了，人也失联了。我都几天联系不上他了，我这几年的积蓄全……"

我一边安慰着老领导，一边给小刘打电话，但电话始终没有打通。

冯兴浪

冯兴浪是我的仇人，我一直这样认为。可我每次路过他住的村庄，都要去探望他。多少年来，我都说服不了我自己。

1973 年冬天，父亲在水库建设工地上干活时，脚被石块砸伤了，回家躺在土炕上养了几个月伤。春暖花开时，父亲的腿伤有了好转，能拄着拐下地慢慢走了。

那天清晨，我躺在父亲身边，正和父亲说着话，突然听到门外有人喊我父亲的名字，还没反应过来，几个人已经冲进了家里，把父亲从土炕上拽起来拉出了门。我又惊又怕，哭着哀求那些人别拉走我的父亲，告诉他们我父亲脚上有伤。可那些人怎么肯理会我的哀求！他们拖着我父亲一直向前跑着。领头的就是那个叫冯兴浪的人。从此，这个人的名字就刻在了我的心里。

几天后，父亲被村干部送了回来。父亲说，那些人就像一群吃错了药的疯狗。那天，他们把他拉出去后，有两个人驾着他一路小跑，把他送到公社进行了批斗、恐吓，说他过去在部队上当兵的历史有问题。后来，上级领导调查了他的几个战友，弄明白了真相，这才说把他冤枉了。

"可恨的兴浪，我给他讲了我在部队上当兵的事，他还说我是个坏人，是有问题的人。"父亲躺在炕上，不停地骂着告他黑状的冯兴浪。

那时候，我年龄小，听不懂，也弄不明白。但知道是冯兴浪把我父亲拖走的，他是祸害我父亲的人。

后来，我见了冯兴浪，总感觉浑身的血液都在往上冲，我愤怒得恨不得让他发生一场意外，快点从这个世界上消失。

我学校毕业后，分配到了镇政府工作。冯兴浪担任他们生产队的队长。每次来政府开会，他都要见我，到我办公室里坐一坐，给我汇报他们队上的情况。

有一次他给我说了，他听上辈人讲了，我家和他家还是紧要的亲戚，说我比他长一辈。我给他倒了杯茶，递了支烟，他感动得腰都不敢直。

"在这政府院子里，有自己人就是好，说话都硬气！"他冲我感激地说道。

从此后，冯兴浪每次来政府开会，更是有理气长地到我办公室里坐一会儿，抽根烟，喝杯茶。他给干部们说，我是他表叔，与他是很亲很亲的关系。我只一笑，没说什么。

冯兴浪对上级安排的各项工作特别上心，雷厉风行，立竿见影，是抓落实的硬手。比如，政府要求十天之内完成上缴公粮的任务。他领到任务后，不进自己家门，而是立刻逐门逐户去催缴。五六天之内，他所在的生产队就完成了任务。

　　我下乡去他们生产队，他就"叔！叔！"不停地叫着，热情地接待我。我为了推动包队工作，也就将个人的仇恨深深埋在心里，全身心支持他在队上开展工作。

　　数九寒天，在改河造田的工地上，冯兴浪饿着肚子在风雪中扛着红旗跑上跑下，催命似的赶着工程进度。他给我立下了责任状：他们生产队要在全乡冬季农田基本建设中争取第一名。我听后很感动，劝他有时间了好好休息，注意身体。他说，坐下来了冷，人跑着还暖和。这时，我才发现他穿的衣服过于单薄。我穿着羊毛裤腿都冷得发抖，而他仅穿着秋裤，秋裤还破了几个洞。后来，我再次下乡时，就给他拿了几件我穿过的旧衣服，让他穿在里面御寒。

　　几年后，我离开了镇政府，到了市里工作，也就很少见到冯兴浪了。偶尔回老家去，我都不由自主地要去看望他。他和老婆在家里种着几亩地，孩子去了外地打工，很少回家。我问他生活情况，问他需要我帮什么忙，他说，没啥要帮的。我每次路过村里能看看他，就心满意足了。

　　前几年，他老婆病亡了。今年中秋节，我回老家专门去看望了他，才知道他长期患有高血压，我叮嘱他要好好治疗，多注意休息。时令小寒那日，寒风刺骨，我在上班途中接到冯兴浪儿子的电话，说他父亲去世了，我急忙赶到他家去吊唁。

　　孩子们在外打工，他平时独自在家。那夜，他突然发病，身边无人。当人们发现时，他已经去世几天了，据说状况很惨，我的双眼模糊了。

　　冯兴浪的儿子对我说，入冬前，他打工离家走时，他爸给他说，过春节时还想到城里来见见我，说我是最关心他的人。

老王的人情

老王是我初中同学。他打来电话，要约我吃饭。

我不好拒绝，就答应了他。但想到他要托我办的事，我就有些为难。

老王的儿子在省城上班，加盟了一家教育培训机构，回到县城开办了个环球新智能教育培训机构。他没有向主管部门申报，就开始宣传招生了。前几天，被市场监督局联合检查组给叫停了。

去年从岗位上退下来后，我就在心里给自己设了底线：不给新任领导提任何要求，也不办任何事，更不能帮忙办违规的事。

半个月前，老王领着他的儿子来到我家，热情地对我说："老同学啊，我的儿子就是你的儿子，你给领导打个招呼，娃的培训学校把宣传广告都打出去了，报名的已有几十个学员，这碌碡都上到半坡上了，没有退路了。"他又怕我为难，解释道，"别有负担啊，就是叫你打个电话么。"

就是打一个电话？我很纠结。这是要我给非法办学开绿灯啊！

面对他们父子的请求，我不知说啥好。开办教育培训机构，未经主管部门审批就擅自开班，就是严重违规。这让我怎么跟领导说啊！

老王父子放下水果走了，我却犯了难。

我在客厅踱着步，认真思考着老王说的话：就是叫你打个电话么？我拿起手机，翻看着通讯录里的一个个电话号码，欲拨又罢，拨了又挂了。把手机放下，想坚决不打，心里又过意不去；打吧，又说服不了自己。

在初中上学时，我和老王都是住宿生。乡村的冬天特别寒冷，我俩就合铺睡。那时，我家里穷，我带的被子很薄。老王的父亲是个小学教师，家境好一点，所以他带的被子都是新棉花做的，也厚实。他看我冷，就跟我商量，把我的薄被子当褥子铺上，把他的厚棉被贴身盖上，我俩合铺睡。就这样在他的帮助下，我度过了寒冷的冬天。高中毕业后，我考上了大学，老王考了个中专学校。毕业后，他进了一家国营机械制造厂上班。后来，工厂破产了，他也下岗自主创业了。

我在领导岗位上时，老王很少来找我办事，几乎没给我添过麻烦。所以，我心里七上八下的，还真有点纠结。

打开电脑，在政府网站上浏览新闻。最近有关校外教育培训整顿的文件，主管部门已下发了不少。今年相关部门重拳出击，主要是对社会上各类校外培训机构进行整顿和规范。的确，应该下决心整治了，培训机构的乱象，对教育形象影响很大，家长们怨声载道，反响强烈，必须坚决整顿。

可老王的事咋办？我这电话该给谁打？是王局长，还是秦书记？……

明知道在这个时候，电话无论打给谁，我都不确定人家能帮这个忙，因我自己都觉得不妥。于是，我心里就更纠结，寝食难安。

夜晚，我躺在床上不断地思考着这个难题，迷迷糊糊就进入了梦中：

在市政府广场，几百名学生家长打着横幅，要求查封培训机构，退还所交学费。我站在人群中，被家长包围着……

从梦中醒来，我惊出了一身冷汗。

我拿起手机浏览今日头条，一则通讯吸引了我。"近日，A市提前部署，采取有效措施，加强对校外培训机构的监管，进一步规范校外培训机构办学行为，推动全市校外培训机构健康有序发展。据了解，联合治理小组的专项治理行动，形成治理合力，打击无资质办学、擅自设立分支机构办班等非法办学行为，净化了校外培训环境，有效遏制了非法办学行为。"

形势严峻，我庆幸自己没有给新领导和老朋友们打电话。否则，结果可想而知。但我又觉得对不住老同学，不知见了面咋给他说。

我来到酒店，老王父子已等候多时了。菜上了，酒也满上了。

来吧，开吃！我们都举起酒杯。

"感谢你啊，老同学！"老王的客套让我很不自然，"老同学，上次娃的事，多亏了你帮忙！"

"我……我……"我支支吾吾，不敢搭话。

"儿子，敬你伯伯两杯！"

我接过老王的儿子小王总手中的酒，试探着问："那培训班……"

哦，谢谢伯伯！这个假期的课已经培训完了，给学生们颁发了结业证书。家长们十分认可，社会反响也很好。

"不说了，喝酒吧！都是你那个电话。"老王兴高采烈地和我碰杯。

我……那个电话？……我哪个电话？我在想着……

"别想了，喝吧！"老王给我不停地敬酒。

那天，我就多喝了几杯酒。不顾老王父子的反对，坚决结了账。

亲

家

　　我的"亲家"是张扬，但不是儿女亲家，是要好的朋友。十多年前，我在下乡时认识了张扬。一起吃过几次饭后，我们彼此就熟悉了。在酒桌上他趁着酒劲，硬是要和我成为"亲家"，说是为了亲上加亲。他的一片诚心，让我难以拒绝。于是，我们就约了一场酒，在几位朋友的见证下，成了名义上的"亲家"。从此，我们两家就时常联系和走动着。

　　两年后，张扬的儿子出生。他为儿子举办满月宴，邀请我去他家喝酒，我也兴冲冲地去了，还随了重礼。他非常高兴，拉着我的手把我介绍给他家的亲戚们，还当着众人的面，说要将友情亲情进行到底。他向村里的乡邻们讲，他"亲家"在县政府工作，又是多么地优秀，和他又是多么地亲近等。我似明星一样，笑着向现场的所有人点头问好。

　　从此后，张扬每次进城，都要到我家来联络联络感情。他肩扛着农家自磨的面粉，手提着土鸡蛋、新鲜果蔬等，让我非常感动，也只好笑纳。就这样，我们相互往来了很长一段时间。

无论家里老人祝寿、孩子升学，还是建房上梁等喜事，张扬都郑重其事地通知我。我即使工作再忙，也都会挤出时间前往祝贺。他们全家人高兴地夸赞我没有城里人的架子，有情有义。张扬也再三对我说，亲家嘛，越走越亲！我们相互承诺着、走动着。每次见面，我们都是在兴高采烈中度过。张扬连连感叹我能专门从城里来贺喜行礼，为他们家和他撑足了面子，给张氏家族增添了不少荣光。村里的众乡亲和干部们都很羡慕他，对他高看一眼哩，夸他把事弄成了。

不久，张扬与村干部联合在村上流转了千余亩土地，投资2000万元成立了秦源现代农业综合开发有限公司，主要发展生态农业建设和集花木种植、果蔬采摘、观光体验于一体的综合型现代农业科技园。找关系，报方案，跑项目等，我都在全心全意帮他们。我引见他们认识了市、县农业部门的领导。

为此，张扬和村干部们都很感动，回到村里，给乡亲们夸我认识的人多，神通广大，为乡里人民办了好事、办了大事，搞得我很不自在。

我虽在县政府上班，但只是个普通干部，负责机关的后勤工作，只是知道一些信息，知道哪个干部负责哪些工作，并没有什么权力，办不了什么大事。每次，张扬来找我，我都诚恳地向他们说明情况，但他们头摇得似拨浪鼓一样，总是埋怨我太谦虚、太低调。我也就不再解释那么多了，只好尽自己所能地帮着他们。而且只要不影响工作，我都会陪着他去各处找人，以使他们办事少走弯路、少碰钉子。张扬多次动员我加入他们公司，说公司前景广阔，有政策支持，将来收益非常可观。但都被我艰难地拒绝了，因为，我对农业是外行，哪敢接受他的这份诚心诚意。

几年中，张扬每到城里来办事，都要到我办公室来坐坐。自然与我们办公室的小王、小刘、小张也熟悉了。他偶尔也请他们几个吃饭喝酒，特别是小王，张扬与他走得很近，还成了好朋友。小王时不时也帮张扬找人、寻关系。

我从单位退休后，小王担任了后勤科科长。张扬就常去我们单位找小王科长。我以为这几个年轻人真好，他们并不因为我的离开而疏远我的"亲家"，还热情地接待张扬、帮他办事。偶尔，张扬请他们几个吃饭时，也会邀请我去作陪，大家见面都很开心。小王科长还多次邀请我去张扬的生态园观光，体验现代农业，品味农家美食。我自然很开心，毕竟我们是"亲家"，张扬产业壮大、生意兴隆，也是我的愿望和期盼。

两年后，我突然联系不上张扬了，电话打不通，也不见人。我联系小王科长，也没能联系上。后来，我终于弄清楚了：张扬的秦源现代农业综合开发有限公司涉嫌非法集资，引发当地群众上访要求退还资金。张扬已被有关部门控制，正在接受审查，此事，也牵连到了小王科长。

心愿

高总经理从岗位上退休后，就主动退出了各种工作群，如同事群、公司群、读书群等，他发誓自己要清清静静地过自己向往的生活，为自己而活。他再也不愿与外界人搅和了。

我和高总是大学同学，在公司上班时，我是办公室主任，于公于私，我们之间来往就比较频繁。也许是高总在岗时，同学和同事给他添了不少麻烦，让他身心疲惫了，所以同学聚会他都坚决拒绝参加。他退下来后只是偶尔与我通个电话，安排我给他办个私事。

这次，公司退休干部老常去世了，老常的家属要我一定通知高总，说老常在临终时还在念叨高总对他的恩情。听了老常家属的话，我的眼眶也涌出了泪水。

老常在公司担任财务科的科长。他是高总上任总经理后提拔的第一个人。工作中，老常大公无私、兢兢业业，把公司财务工作管理得井井有条，事儿干得有声有色。所以，高总特别赏识老常。

为老常举行遗体告别仪式那天清晨，我驾车去高总小区接他。等了十几分钟，高总才出了小区。他上车后，惋惜地说："人生无常啊！老常才六十六岁，还正是个老小伙，可惜就走了，真让人伤心！"接着，高总说，"这几年，咱们公司走了几个人，上次老杨去世通知我了，我在南方，没有去成。老常这事，我赶上了，就一定得去。"

我把车停在殡仪馆的广场上，公司大多数的同事都到了。老常人缘好，今天来的人真不少。距离追悼会开始还有半个小时，大家都在相互问候，不断有人感慨着人生无常、哀叹着生命短暂。见到高总，大家都格外亲热。高总与大家一一握手寒暄，泪水湿了眼眶。

高总在任时，也曾来殡仪馆参加过无数次追悼会，有各级领导的，有亲友的，那都是来去匆匆，很少触动心灵。今天来参加老常的追悼会，高总就觉得有不一样的感觉，他见到的每个人看见他都是那么亲切、亲近、亲热，完全没有了以前的距离感。大家都似乎有好多掏心掏肺的话要与他交流分享。

告别仪式结束，高总迟迟不愿离开，我就陪着他，与现场的每一个人真情话别，目送他们离开。突然，高总伸手拉住我说："小钱，今天是个周末，我想招呼退休的老同志们在一起吃顿饭，和大家聚一聚。"

"好啊！"我也很赞同。

"那你快去安排吧！"高总急切地吩咐我。

我就立即给几位老同志打电话、发信息。但事不如人愿，大家都有这样那样的事在身，表示不能参加。

为了不扫高总的兴，我就想借这个难得的机会请他吃顿饭。我把想法一说，他很乐意，我就把车开到老城街的聚贤楼，订了雅间。高总打电话叫来了他的牌友王烈。王烈出生于 20 世纪 60 年代末，是政府某局的局长。我点好菜到前台要了最好的酒，让王局长陪高总尽兴地喝。

这顿饭，高总喝了不少酒，也吃得很开心，还借着酒劲对我说了很多掏心窝的话。看着老领导开心的样子，我也就满足了。吃完饭后，我开车把他们送到他们常去喝茶的茶馆。分手时，高总拉着我的手，一直自责没能与同事们相聚。我安慰道，只要您有这个心，一定会有机会的。我给他保证，在合适的时间，由我组织安排，一定要帮他把这个心愿了了。他冲我笑着，笑得很真诚。

这很不容易了，老领导能把老同事挂在心上。

冬去春来，又是一年。高总一直没有再和我联系，我也没有找到合适的机会，老同志们相聚的事就此搁浅了。

进入冬季，我到三亚去旅游了。一天，突然接到高总打来的电话，他要我帮他约老同志们吃饭，我很诧异。

"您是不是去殡仪馆了？"我问高总。

"是啊！唉！真可怜啊！"他回答说，"唉，真可怜啊！咱们上次吃饭的王烈局长突发心梗去世了。他的老母亲还健在，孩子还没有上班……"

我在电话里都感觉得到高总是多么痛苦。我劝他节哀，别过于悲伤。

我还向他承诺，回来后立即联系他，约老同志们吃饭，了却他的心愿。

磨坊闹鬼

　　张婶家的磨坊闹"鬼"了。有人说夜里亲耳听到张婶家磨坊里有"鬼"推磨的声响，而且传得有鼻子有眼。难怪头天磨了一半的麦子，在石磨上堆着，用箩筐扣着，第二天再来上磨时，却发现麦子少了。难道真的让"鬼"运走了？这年月，人都吃不饱，"鬼"也缺吃的？

　　水龙湾村三十户人，就张婶家有一盘石磨，安装在前房里供全村人磨面。谁家需要磨面了，提前给张婶招呼一声，她按先后次序给每家每户排好队。村里磨面是有讲究的，即磨面时要把磨膛里剩下的面给主家留着，后边来上磨的人，把磨膛里的面透出来给主家拿去就当作是回报。主家攒得多了，就再磨几次，把细面给人吃，麸皮就留着喂牲口。这样不成文的规程，大家都遵守着、延续着，即使在缺吃少穿的年代，也毫无怨言。有了这份回报，张婶家就比别人家的日子好过一些：多吃点麦面不说，还能给圈里养的猪、院里跑的鸡，配上点好饲料。到了年底，杀了猪，宰了鸡，也能多卖几个零用钱，过个好年。仗着石磨的势，张婶说话就横，总爱挑别人的理，就连队长都得让着她几分。

现在可好了，让"鬼"一而再、再而三地一闹腾，也就没人敢去张婶家的磨坊磨面了。村里人对张婶本来就有怨气，现在就扛着粮食去了几里外的村子磨面，尽管羊肠小道崎岖蜿蜒，很不方便。张婶看着磨坊一天比一天冷清，脸就一天比一天拉得长，兴许是被"鬼"折腾的，她看谁都不顺眼。她在村里骂着说有人暗里使坏，给她家磨坊造谣，还说她咋就没见着"鬼"哩。她越骂得凶，人们就越避着她，磨坊真的就停了。

"鬼"把张婶家的磨盘闹停了，也把张婶的名声搞臭了。她家姑娘大了，也无人敢上门提亲。张婶家上一代人日子就好过，家底丰厚，住着前厅后院两进的瓦房。到了张婶这辈，日子有点衰落，人丁也不兴旺，先后生了几个儿子都夭折了，就守了个姑娘，还让这"鬼"闹腾得耽误了。

人们私下议论说她家的风水坏了，阴气太重。张婶的男人是个蔫人，凡事不做主，都由张婶摆置。张家姑娘三十岁时，才招了个上门女婿。小伙子从秦岭南边来，进了张家门，改名换姓叫张继民。张继民身体壮实，人又勤快，见谁家干活，都去帮一把，很快地，在村里就有了好人缘。让人惊讶的是小伙子说他不怕鬼，还会捉鬼。他说在南山那边，村子里也常闹鬼，他就跟在大人身后，看大人们咋样捉鬼。但他跟了无数次，终未见过一次鬼。每次只见那阴阳大师，手舞足蹈，焚纸上香，口里念念有词，最后就把"鬼"捉在了手心，还说一般人的眼是看不见的。

想着过去捉鬼的那些事，继民觉得既神秘又荒唐。有过此经历，继民也就不怕鬼了。过了春节，他择了个吉日把磨坊收拾了一下，还放了几大串鞭炮来驱鬼避邪。他以鞭炮声告诉村里的乡亲们，磨坊里的"鬼"被他赶跑了。

这么给大伙儿说的时候，继民心里还是有点虚。夜里，他守在磨坊里仔细听着动静，可再也没听到任何声响。他心里暗喜，没想到自己这一招真把"鬼"给治住了。

张家的石磨又吱呀吱呀地转起来了，继民也放心了，晚上睡觉都踏实了。村里人就说，小伙子阳气盛，把"鬼"给镇住了，说得继民心里乐滋滋的，似开了花。磨坊里又有人磨面了，继民得空就去搭把手，帮着干这干那。张家的磨坊又红火了起来。

张婶的腰杆又挺起来了，对人又是眉高眼低的。

春日里，菊花婶准备给儿子娶媳妇，过喜事要磨好多面，天黑了还没磨完。见天色已晚，继民收工回家走进磨坊，帮菊花婶把磨好的面装进袋子扛回了家，而把未磨完的二茬面就留到磨坊里盖得严严实实。

继民忙完就睡觉了。但半夜时分睡梦中的他似乎听到了什么响声，趴在窗框上向外看，院子里黑乎乎一片，好像又没啥动静。他以为自己做梦了，就又躺下睡了。

可过了一会儿，磨坊那边又隐约传来了声响。继民睡不着了，难道"鬼"又来了？不行，得起身去看看。

继民轻手轻脚地出了屋，院子里伸手不见五指，有风，寒气逼人。

他蹑手蹑脚来到磨坊门口，发现门竟然开着，里面隐约有人影晃动，还传出窸窸窣窣的声音。

"谁!"继民大喊一声。

"哐当"一声,是碗落地的声音。

继民冲进了磨坊,划着一根火柴,不禁大惊!只见微弱的光下,张婶坐在地上斜靠着面柜,耷拉着头,身旁掉着一只盛面的洋瓷碗。

"娘!娘!娘!"继民连叫了几声,张婶也没答应。

一阵冷风卷来,将磨坊的门吹得啪啪作响。

附录

执着的守望者

——浅析田光明小小说集《理想的翅膀》

孙新运

田光明小小说集《理想的翅膀》以农村知识分子的视角，叙述了对故乡的热爱和眷恋。他的小小说集创作分为三个部分：一是写乡村生活；二是写乡村教育；三是写现实生活。归纳起来不外乎为两种人画像：农民和知识分子，写出了他们对于土地、对于教育的执着追求，表达出农民之于故乡的土地、知识分子之于故乡教育的深深爱恋。

一、对土地的珍爱和敬重

农民对土地的感情是复杂的，是既爱又恨的复杂情感。农民对土地的爱是因为土地是农民的精神寄托，是农民生存的重要保障，也是农民财富的重要保障。在传统的社会格局中，农民对土地大部分都是爱之切。但是随着社会的发展，农民对土地又生出些许的恨来。这种恨来自土地从某种程度上束缚了农民的发展空间，耕种土地比较辛苦，土地的收成受自然影响比较大，不定性较强。社会用人需求的增加，打工的工资逐渐提高，并且旱涝保收。农民逐渐意识到打工比种地赚钱，陆续离开土地，拥进城市打工。还有就是动迁占用土地，农民们也愿意把土地当成杀鸡取卵式的摇钱树，又有很多农民舍弃土地，拥进城里，把土地荒芜了。作者看到这种情景非常痛心，表现出他对土地深深的眷恋。

《乡恋》写出了王福堂复杂纠结的心理。他生活在似水墨画一样的村庄里，深深地热爱家乡、珍爱土地。农村搬迁他不想拖后腿，"但他要坚持，把地种到最后，他不愿村里的土地在他面前荒芜。那样，他是不能安心的"。表现出一个农民对土地的挚爱和敬重。他认为土地是他的根，他要把种地进行到底。作者写道："福堂是土命，他爱土地、恋土地，离不开土地。他一生的悲喜，都与土地息息相关。"《乡恋》把土地当作人来写，赋予土地以情感，表现了对土地的敬重和挚爱。"总看着他们像外来客，慢慢地人与土地、与村庄就陌生了，做庄稼也不用心了。"福堂说："娃啊！地和人一样，你不把它当回事，就生分了！"人们外出打工，不把土地当回事，土地对人们也就不那么乐于奉献果实了。其实土地是不亏欠人的，正如作品中所说："只要能下苦，就能有饭吃。"你够勤劳，土地就会给予回报，反过来，如果你慢待了土地，土地也会做出反应，土地不可欺，不可怠。这表达了作者的土地观，更表现出农民对土地的珍视。

《坡上那块地》中小龙爹认为"只要自己腿脚能动，他绝不让地荒了。"他的口头禅是，"农民如果不种地了，还是农民吗？"小龙爹坚决不肯离开村里，是不舍得坡上的那块地，也不舍得把地租给别人，这块地他种了几十年，就像伺候孩子一样侍弄着它。小龙爹"爱着土地，恋着土地，他熟悉土地每一个呼吸，每一次欢笑，每一场喜悲。"小龙爹受伤了，小龙把土地租给了村里的旺财，当小龙拿着租地合同让爹签字，并给了爹500元租地的租金时，爹拒绝接儿子递过来的钱，并说："我不是要钱，我是怕把地荒了。"一位饱经风霜已经与土地融为一体的老农民的形象跃然纸上，催人泪下。

《憨娃》开篇就介绍大家都羡慕憨娃享福了，但不说具体怎么享福了，造成悬念。接着作者荡开一笔诉说憨娃劳碌的前半生。三十多岁家人为他寻了个媳妇，在孩子两岁时媳妇逃回了老家，再也没有回来。为了供孩子吃奶，母亲买了只山羊，憨娃就一心一意地放羊，愣是把一只羊放成了一群羊。他整日里把羊群赶到青草丰茂的山坡上，嗅着醉人的草香味，看着蓝天白云想着心事。儿子大学毕业在城里开了公司，憨娃老了身体也不好，儿子就把他接到城里。独自一人在家时，他取出赶羊鞭，手里握着羊鞭想着心事。他仿佛看见春光里的新绿，他正在酣畅淋漓地甩着手里的鞭子。表现出农民对土地的执着、对大自然的眷恋。

《山娃的人生》中的山娃从小就经常在家乡爬到山梁眺望远方，希望能走出大山。功夫不负有心人，他考上了大学，毕业时入围市政府选调生，在领导谈话时，他表示"到艰苦的地方去，到最需要人的地方去"。他回到镇上工作，追求他的同学张小浅愤怒地离开了他。多年后他做了镇长，还被调到县政府工作。退休后，山娃又回到家乡，镇长带了很多人来村子勘察测量，他看到了张小浅的女儿，得知张小浅已经去世，他把自己关在屋子里，痛苦万分。

爱情抵不住对土地的热爱，对家乡的热爱。对土地的热爱已经超过挣钱，不是钱的事，是难以割舍的感情，珍爱土地，敬重土地。

二、对教育的热爱和期望

教书育人是教师的天职，农村教师的工作非常艰苦，要忍受清贫与寂寥。随着人口的减少、城市化进程的加快，许多教师离开农村学校，有的虽然还在农村学校就职，家已经搬到城里去了。作者对这种现象很痛心，内心挣扎着守护农村教育的最后阵地。

《乡村学校》中即将退休的校长王文化，回忆村里的学校创办的经历和辛酸，几十年如一日，坚守校园，勤奋敬业，送教家访，他希望村里有孩子降生，坚持把村里的学校永远办下去。《迎春花开》中王文治和赵守信两位已退休的老师，他们把自己的毕生精力献给了乡村教育。在学校撤并后，他们不愿意让校园被丢弃，坚守在校园里，且不计报酬进行护校，并筹建乡村学校纪念馆。作品通过"我"的视角，成功塑造了王文治和赵守信等乡村教师的光辉形象。这两篇小说讲述了农村学校办学的艰难与困境，这也是教育工作者的困扰，更是作为乡村学校的校长最为烦恼和困惑的事情。作者成功塑造了两位校长的形象，表现出两位校长对教育的守望、对教学的执着、对学生的负责之情。作品立意高远，叙述从容，情节感人，人物形象丰满，能读出沉甸甸的历史沧桑。也表明了作者对教育未来的无限憧憬与期望。

《理想的翅膀》以学校教育为题材，以学生谈理想为主线，用朴素的文笔记叙了两代教师对待学困生理想的不同态度而导致的不同结果，诠释了理想是学生腾飞的翅膀，也阐述了理想教育的重要性。作品语言简洁流畅，构思巧妙，着笔有力，在普通的素材中挖掘出人性的美好，描写了理想教育的真谛。

《小强上学》中的王自强自立自强，克服困难去上学；《爱读报纸的娃》中的强娃爱学习，表现了学生对学习的执着与渴望；《一双棉鞋》《理想的翅膀》《师生情》表现了乡村教师对学生的爱，学生对老师的感恩，感人至深。

三、对亲人的思念和感恩

感恩与思念是历久弥新的文学命题，在田光明的小小说中有许多这类的作品。《娘的风水学》中的娘在柱子爹死后，用单薄的身躯支撑起残破的家，含辛茹苦把柱子养大，培养柱子成才。大家都以为是柱子爹的坟选址好，以为是娘懂风水。其实，"娘只知道，人勤劳贤惠，努力了，奋斗了，就是好风水。"作品表现了娘的辛苦付出才使破败的家有了转机，表达了对娘辛勤劳苦的感恩之情和对娘的思念之情。《娘》中更加具体地叙述了娘的辛苦，更加强烈怀念娘的恩情。

《父亲的扁担》中的父亲临死都放不下的扁担具有深刻的象征意义，是父亲一生劳作的具体体现，是对农民形象的塑造。"凭着这根扁担，父亲在苦海里挣扎，把太阳从东山挑向西山……""靠着这根扁担，儿女们每每开学，都能及时把学费交上，不让他们受难。娃们上完了小学，又上了中学。让他非常欣慰的是，儿子争气，考上了大学，他又挑着被褥把儿子送下山、送上了远行的火车。""他的手里还握着那根扁担……""谁都不忍心从他身边拿走那根磨得闪闪发光，浸满汗水的扁担……"扁担是父亲的化身，是父亲的担当，是父爱的化身。作者通过对扁担的描写，表现了对父亲的感恩。

《给父母送书》《卖黄豆》《山里的家》《娘》都表现了作者对父母

的思念和感恩之情，表达出作者的真情实感，通过日常细微小事反映父母对自己的关爱和辛勤付出。读这些作品非常容易使读者产生共鸣，击中人们内心最柔软、最温馨的记忆，令人泪目，令人心酸，具有很强的感染力。

四、对扶贫工作的记录和讴歌

脱贫攻坚是国家的重要政策，作者田光明就做过扶贫工作。在他的作品中，既表现了扶贫工作的艰辛，也表现了农民质朴的品格。《计划》中的王福不关心扶贫工作人员为他家制定的精准脱贫计划，而无私地帮助比他更需要关爱的弱者，知恩图报，有良心，忘我助人。《核桃熟了》中当扶贫工作人员帮助德发联系好核桃买主的时候，他却要求扶贫工作人员先帮桂花家卖核桃，并且说："她家急着用钱救娃的命哩。"这种善良让人动容。这两篇小小说都塑造了农民的形象，《计划》中的王福说："咱就那穷的命。"《核桃熟了》中的德发说："养猪时，羊值钱了；养羊时，猪值钱了，咱就没那富的命啊。"乍一看还以为这些农民是惰性强、安于现状呢，细分析，是他们没有把自家的事情放在第一位，而是把更需要帮助的人放在了最重要的位置。这种善良助人的品格，很有感染力，也感动了读者。《强娃》中的强娃比王福和德发的境界更高。当在扶贫工作者帮助下实现脱贫以后，他在疫情期间，用他学会的技术到武汉参加火神山医院的建设，他还说："我家是贫困户，在我们最难的时候，是党的扶贫政策帮助了我，在国家有困难时，我也应该出点力、尽点义务……"表现出让人心疼的善良，让人感动的执着，让人艳羡的质朴。

在这一系列的小小说中，作者用双线的结构进行叙述，农民的美好品质是明线，而党的扶贫政策，扶贫工作人员的勤奋工作作为暗线穿插其中，农民虽然还没有达到完全富裕，但是他们在自家情况稍微好转的时候，就会想着惦着帮助那些不如自己的人家。在《寻找》中，扶贫主题变成明线，"过去给谁捐把人难的，现在要捐给谁，又让人为难。"表现出党的扶贫政策的正确，以及扶贫工作取得的成绩。

正如作者在《后记》中所说的"多年的文学追求，教会了我眼光向下、心灵朝上。我的创作是从故乡生活的泥土生发，在泥土里汲取生活资源、抓取素材，用艺术的手法展现人们的生存状况和命运的不可捉摸性，以及人的良知和道德底线。通过多年的观察积累和自己的人生体验，我把意念和情绪写进小说，继而来突破自我的人生，拉近虚构与现实之间的距离，力图用同情与悲悯把人物写得饱满，力图渗透一些哲学意味和思考。总之，我要用自己的脚步丈量家乡的土地，用温情的目光观照这片土地上的人和事，写出言之有物、具有真性情、体现社会正能量的优秀作品。"田光明的主要创作手法基本上是现实主义的，创作素材一般都是亲身经历的，有的作品还有自传的倾向。我以为，他的作品具有以下艺术特色：

（一）史诗性

史诗性是指时间的延续性，即作品表达的纵向时间跨度较长，具有历史的本质性、具有明显的时代特色和深刻的哲理与意蕴。比如《村庄的婚礼》通过对三代人婚礼的叙述，表现出了社会的变化。奶奶是爷爷用在亲戚家凑的麦子和黄豆娶回家的；母亲是父亲用东挪西借的钱和银行贷款凑的彩礼钱娶回家的；儿子的婚事办得喜庆祥和，连当年爷爷的情敌、曾在婚礼上掀翻了桌子的蛮娃也来祝贺，即使他因中风还坐着轮椅。大家都甜蜜地笑着。《订婚》也是回忆了三代人订婚的情况，不仅反映了人们的生活条件的变化，也表现了人们的思想的变化。《小满的坚守》诉说了小满一生的经历，那是助人不计报酬、善良而朴拙、勤劳而保守的一生。

《一九七五年的鸡》饶有兴趣地回忆了特殊年代的故事，有历史的印记。《强娃》以朴素的语言讲述了一个感人的故事。作者把握时代脉搏，立足现实，将扶贫和抗疫结合起来，人物形象突出，强娃脱贫不忘回报社会。匠心独具，构思巧妙，打动人心。作者运用史诗般的叙述，镌刻历史的印记，通过小事表现大的时代变化。

（二）对比的写法

对比是把两种事物进行比较，让读者分清好坏，辨明是非，使形象更鲜明，使读者感受更强烈。田光明很多小小说都运用了对比的手法。《泥饭碗 铁饭碗》通过明亮和高鸣的人生轨迹的对比，揭示了天道酬勤、踏实工作，成功没有捷径的主题；《上山 下山》通过田进和高攀成长过程的对比，揭示了踏实工作是正路、苍天不负有心人的主题；《老王 小王》通过老王与小王这对父女前仆后继在乡镇政府工作的心态与方法对比，表现了乡镇工作者的艰辛，也塑造了乡镇工作者既认真负责又维护村民的利益的人物形象；《为了孩子》通过刚毕业的两个年轻教师秦健和王文对突发事件处理的不同方法的对比，阐释了对教育、对学生除了认真执着外，还要有智慧。

《河东 河西》中的赵狗，在过去当民兵连长的时候，对赵德贵老汉狠毒，对会计蛋娃父亲也非常凶狠。而今，世事变迁，赵狗的儿子因赌博把家输得精光，还欠了很多外债，儿媳妇抱上孩子离家出走，赵狗成了贫困户。可是曾被他厚待过的赵德贵老汉的儿子却做了村主任，而且不计前嫌，把来之不易的扫路的活安排给了赵狗。包括会计蛋娃在内，很多人都不理解，可村主任还给赵狗出主意，让他在天热的时候早上扫河东、下午扫河西，赵狗因愧疚感动而老泪纵横。通过村主任以德报怨和赵狗前后行为的对比，以及村主任和会计蛋娃的对比，表现出村主任的高尚品质和宽广的胸怀。题目也有三十年河东三十年河西对比的意味，塑造了生动的人物形象，也深化了主题。

文学对生活的反映有歌颂和揭露两个方面，田光明的小小说在这两方面都有体现，也形成了小小说内容的对比性。在反映教育方面，有《理想的翅膀》《为了孩子》《一双棉鞋》等作品，主要歌颂教育工作者对工作的执着与勤恳以及师生之间深厚的感情等。《支教》和《闺蜜》等作品，则是以揭露现实生活中的一些不正常、不合理、不公平的事情为主题的。其中《乡恋》《村里的花儿》《乡里情》等作品是歌颂正能量主题的；《戴铃铛的羊》《小刘师傅》等作品是揭露负能量主题的。两个方面内容对比的揭示，涉及范围广，内容丰富，可以全面反映社会。

（三）悬念和翻转

悬念是读者、观众、听众对文艺作品中人物命运的遭遇、未知的情节的发展变化所持的一种急切期待的心情，是一种表现技法，是吸引读者兴趣的重要艺术手段；翻转是翻过来的意思。田光明的小小说非常注重结构的安排，特别是结尾的安排。

《给父母送书》开篇点题，"我"出书了。首发式刚刚结束，"我"就回家，给父母送书。然后写"我"坐在父母面前，给父母讲述首发式的盛况，并表达对父母的感谢之意。接下来回忆了"我"上学、买书、成长的过程。二十年后"我"为父母写了一本书《父亲母亲》。爸妈眼睛不好，"我"读给他们听。书中还做了景色描写："夕阳西下，天边一抹红霞，映照在山坡上。"充满沧桑和悲壮，没想到作者下面写道："扑棱棱……一群鸟儿飞过，我打了个激灵，望着父母肃穆的墓碑，看着荒草萋萋的坟茔，我把我的书端端正正地放在墓碑的中央。"这一反拨让读者措手不及，主题立刻深化了，感情也深沉了，感人泪下，意蕴也变得深刻了。

《山里的家》的叙述也很有特点，首先作者采用的是插叙。文章开头就描述了"我"乘客车回家的情景：人多，道路坑坑洼洼，到镇上的时候，给母亲买了她爱吃的糕点和水果，还描写了家的具体位置、家周围的环境等。然后就是回忆每次带着朋友回家时，母亲和惠婶的热情招待，临走时又是带特产，又是挥手送别。接下来又转到对这次回家情形的描写：独自一人回家，空旷的村巷，空荡荡的院子，背对着我不说话的大伯，挂着拐杖的惠婶，关着门拉着风箱不理"我"的娘等。我以为娘是爱热闹爱亲人，看"我"自己回来而生气了，"我"就拼命地喊娘。爱人把"我"从梦中喊醒，原来今天是已经去世的娘的生日。结尾的翻转催人泪下，感伤之意迅速弥漫开来。

《分家》中爷爷和爸爸一直在商量着分家，大孙子一直坚决地反对，觉得是父亲自私。大家都以为大孙子是为了父亲家产分配不公，都觉得不是父亲自私，而是大孙子自私。没想到结尾处点明："全家人都看着我——爷爷的大孙子、父亲的长子。可我想的是，弟弟明年就要读研了。他研究生毕业后要留在省城上班，还要买房、娶妻，这些都需要花钱。这家怎么能分？我是长子，能不管吗？"结尾的安排出乎意料，大孙子的形象立刻清晰了，境界顿时提升，让读者回味无穷。

田光明小小说集《理想的翅膀》表达了对家乡的留恋，表达了执着的信念，那就是留住。田光明是一名从大山中走出的知识分子。他具有农民和知识分子的双重身份，他的身上既具有农民的朴质，也具有知识分子的责任意识。作为农民，他要留住土地；作为知识分子，他要留住学校、留住学生。世界变化很快，随着城市化进程的加快，农民逐渐放弃土地，纷纷进城，享受优惠的国家政策和优越的生活条件。由于人口的减少，农村中小学逐渐撤并，当年热闹的校园变得沉寂，甚至破败。作者表达最多最主要的主题就是留住，他借作品中的主人公之口表达出要建纪念馆的想法，要留住昔日的辉煌，留住心中的根，这也正是作者执着的守望，令人心酸、心痛、心动。

注：孙新运，辽东学院汉语言文学系副教授，辽宁省作家协会会员，辽宁省修辞学会会员，丹东市语言学会理事。著有《孙新运评论集》《蔡楠小说论》《解读杨晓敏》等。

后　记

小时候，我的身体长得瘦小，病恹恹的，每年在四季交替时，都得患一场病。父母亲很熬煎，常为我的未来担忧。他们告诫说，下苦力，你没有本钱。一定要好好读书，将来长大了找个轻松的职业。后来，一个偶然的机会，我当上了乡村教师。

在乡村校园，生活贫乏而单调，教学之余我把全部的心思都用到了读书上。那时候，农村没有电，就在煤油灯下坚持阅读，常常读到深夜；星期天，下地帮母亲干活时我都拿着书读。母亲认为读书是正事，于是，她只要看见我在读书，就从不喊我干活。就这样，在母亲的庇护下，我读了不少书。很多时候，我整夜整夜都亮着灯读书。就这样，书读得多了，心里就有话需要倾诉，也想把自己对生活的向往、爱情的渴望记录下来。当时，写作的激情很高，诗歌、散文、小说我都写。经过一段时间的努力，在省、市报刊上发表了作品，虽然都是些小篇目，但在我生活的山村，人们也都知道了我在写作。那时，我还是民办教师，我就有个野心，想通过文学创作取得成绩，来改变自己民办教师的命运，虽然很辛苦，但很执着。

进入20世纪90年代，有了家庭、有了孩子，生活现实迫使我放下了心爱的写作，但热爱文学之心依然未变。每当遇见喜爱的作品，我都会收藏起来，认真地阅读，有时还会摘抄。心动时，写一些生活随笔，都封存在电脑里。在此，要感谢那个时代，那种文学氛围，给我心中留下了热爱文学的种子。

退居二线后，有了较充足的时间，我又回归了写作。我情不自禁地把目光投向了故乡。秦岭脚下的沟壑、山梁，那片瘠薄的土地，激起我无限的倾诉欲望。我用手中笨拙的笔，书写着故乡的人和事，记录他们在时代巨变中的命运和悲欢。如《乡恋》《给父母送书》《爱读报纸的娃》《村里的花儿》《坡上那块地》《乡里情》《憨娃》《小满的坚守》等作品，细针密线地融入对村庄痴心不改的眷恋之情。借助文学的力量，把关于故乡疼痛的记忆，转化成了一种深藏于骨子或灵魂中的感觉，流淌成了我笔下的文字。作品中的人物故事，都深深地烙上了家乡的印记，也印证了我所走过的风雨岁月。可以说，作品中几乎都有我生活成长的影子。故乡于我来说，已经不只是生于斯长于斯的地方，更是我精神的栖息地、灵魂的憩园，是我走向文学创作永恒的根与魂。那一方贫瘠的土地，是割也割不断的生命根脉；祖辈几代人的苦乐悲欢，是抹也抹不去的生命记忆。他们淳朴、善良，又夹杂着一些愚昧，也闪烁出人性的温柔与良知。我深深地热爱着那一方生我养我的土地。她给予了我创作的动力和源泉，让我对人生有了一种别样的见解。

乡村教育是我写作绕不过的"领地"。站立乡村教育讲台三十余年，后担任教育管理干部，"乡村学校"是我梦想开花的地方，我对乡村教育有着难以割舍的情怀。乡村教育的现状，也让我忧虑，引发了我更多的思考。我把这些思考诉诸文字，写成了《乡村学校》《小强上学》《谎言》《理想的翅膀》《母亲的教育课》等作品。我用笨拙的笔触，将昔日与现时乡村教师种种艰辛的生存境况呈现出来，这是一份责任，也是一份回报、一份感恩。

作为一个离开故土的知识分子，我的作品更多的是对童年乡村生活的追忆、眷恋和回望。多年的文学追求，教会了我眼光向下、心灵朝上。我的创作是从故乡生活的泥土生发，在泥土里汲取生活资源、抓取素材，用艺术的手法，展现人们的生存状况和命运的不可捉摸性，以及人的良知和道德底线。通过多年的观察积累和自己的人生体验，我把意念和情绪写进小说，继而来突破自我的人生，拉近虚构与现实之间的距离，力图用同情与悲悯把人物写得饱满，力图渗透一些哲学意味和思考。总之，我要用自己的脚步丈量家乡的土地，用温情的目光观照这片土地上的人和事，写出言之有物、具有真性情、体现社会正能量的优秀作品。

在这本小小说集整理完成时，要特别感谢中国作家协会副主席、书记处书记，第十届茅盾文学奖获得者、著名作家陈彦先生为我题写书名，中国作家协会会员、河南省作家协会副主席、河南省小小说学会会长杨晓敏老师为我的拙作写序！感谢辽东学院汉语言文学系、丹东市语言学会理事、著名文学评论家孙新运教授，反复阅读我的作品，数易其稿，写出了见地独到的评论，令我受宠若惊而又感佩不已。感谢这些年在文学之路上给予我帮助、鼓励与扶持的师友以及那些一直在身后默默支持我的亲人、朋友！正因为有你们的一路支持、鼓励与帮助，我才能带着梦想，继续前行。

田光明

壬寅年春日于渭南